AUTOREN DER REGION – BAND 1

Klaus Hufnagel

FORELLEN
RAUCHEN NICHT

Geschichten aus der Überlebensmitte

Edition Köndgen

Für Claudia

Ein großes Dankeschön meiner Frau Ute
für ihre hilfreiche Unterstützung

Inhalt

Aller Anfang ist schwer

Bin seit einiger Zeit Rentner. Hat natürlich seine Nachteile, bei der Altersangabe vorn eine Sechs und es zwackt hier und da. Dagegen steht mehr Freiheit, beginnt mit dem Aufwachen ohne Wecker. So gegen neun.

Erst um neun? Der frühe Vogel fängt den Wurm!

Gibt ein Katzensprichwort: Die frühe Katze frisst den Vogel. Und nun?

Öffne zunächst das erste, dann das zweite Auge, lasse beide vorsichtig wandern. Kein alter Mann mit Rauschebart oder Engel mit weißen Flügeln zu sehen, höre kein Halleluja. Hurra wir leben noch!

Das Bett neben mir leer, meine Gattin muss noch arbeiten, hat dafür eine Fünf vorn.

Bleibe noch etwas unter der warmen Decke, beginne dann – wie jeden Morgen – mit *Rentner-fit-for-fun*-Programm.

Zunächst auf dem Rücken liegend Fahrrad fahren. Hab vergessen, das Oberbett zurückzuschlagen, gerät alles etwas durcheinander. Danach den Oberkörper langsam aufrichten, anfangs leichte Übungen auf der Bettkante.

Zehen und Füße kreisen, Arme langsam hoch und fallen lassen. Jetzt den Kopf in beide Richtungen drehen. Scheint alles o. k.

Etwas sammeln, dann bedächtig hochstemmen, dabei Knacken und Knirschen in Knie und Schulter ignorieren. Nicht ernst nehmen, hab schließlich eine Sechs vorn.

Stehe jetzt vor dem Bett, lasse die Hüften kreisen, berichtige: versuche die Hüften kreisen zu lassen, danach Einbeinstand erst rechts, dann links. Falle bei links einmal leicht gegen den Kleiderschrank, aller Anfang ist schwer.

Tastende Schritte Richtung Bad. Komme am Spiegel vorbei, unterlasse den Guten-Morgen-Blick, vermeide Tiefpunkte.

Stehend pinkeln wegen Prostatakontrolle. Fester Strahl, super. Finde mit fast geschlossenen Augen die Spartaste.

Jetzt drei Schritte zum Waschbecken, stehe etwas entfernt, denn die Hände-zum-Himmel-Aktion beginnt. Singe passenden Schlager, berichtige: versuche passenden Schlager zu singen, beende Gesang, vermeide Tiefpunkte.

Klatsche dafür zwei, drei Mal rhythmisch in die Hände, schalte dann Radio ein. WDR 4, Schönes bleibt. Schaue dabei ohne Brille in den Spiegel. WDR 4 hat recht.

Gesicht waschen, Zähne putzen, Handtuch, die Creme für die reife Haut. Höre im Radio: Ein Politiker ist zurückgetreten.

Folge ihm und wage aus dieser Entfernung immer noch ohne Brille einen zweiten, längeren Blick in den Spiegel. WDR 4 hat tatsächlich recht.

Jetzt die erste Pille für oder gegen etwas. Taste mich zur Küche, suche »Stille Quelle« Medium Wasser. Ziehe Fensterläden hoch, es wird hell. Scheint draußen schön zu sein.

Finde meine Brille an ihrem Platz auf der alten Nähmaschine im Wohnzimmer, kann jetzt Einzelheiten erkennen. Ist tatsächlich schön draußen.

Schlucke die Pille, die zweite erst nach dem Frühstück. Wie

immer von treu sorgender Gattin bereits neben Tasse und Teller platziert. God save the Queen. Will immer mein Bestes. Aber was ist das? Meinungen gehen da manchmal auseinander.

Muss grünen Tee aufschütten. Grünen Tee!! Echtes Schlabberwasser, soll aber gesund sein. Chinesen und Japaner trinken den, werden im Durchschnitt älter als wir. Aber wer will schon im Durchschnitt älter werden. Alt werden sowieso nicht, nur lange leben genügt. Essen auch viel mehr Fisch, die Asiaten.

Grüner Tee und samstags Fisch. Dafür die Haxe gestrichen. God save not the Queen oder so.

Bin der Meinung, die Briten sollten sich endlich mal wieder einen König leisten, denn von ihrer Elisabeth ist mittlerweile der Lack ab. Aber dieser Charles scheint ja auch nicht das Gelbe vom Ei zu sein.

Fit for fun, morgens grünen Tee, samstags Fisch, keine Haxe und Alkoholkonsum eingeschränkt. Wo ist da noch *fun*? Aber da war noch was, da war noch was. Versuch dich doch mal zu erinnern. Okay, okay, aber dazu kommen wir später.

Übrigens das mit dem Alkohol Imperativ, einfach angeordnet, meine Queen. Denk an deine Leberwerte und was der Arzt dazu gesagt hat.

Bin zurück im Schlafzimmer, Schlafanzug aus-, Bauch einziehen, Jeans-Hose und blau-weißes Hemd.

Der Gürtel bereitet Schwierigkeiten, habe vorausschauend einen Gürtellocher gekauft. Nennt man das so, Gürtellocher? Egal, Gürtel passt jetzt.

Das Telefon, Cousine Gerda.

Werden meist lange Gespräche. Gerda, ungefähr mein Alter, ist Witwe. Weise vorsorglich auf den ziehenden grünen Tee hin.

Will nur berichten, dass sie in der letzten Zeit schlecht schlafe. Hab sie beruhigt, ihr gesagt, sie sei damit nicht allein, liege am Wetter. Einfach hinlegen und warten bis der Schlaf kommt. Könne doch morgens länger im Bett bleiben.

Gerda natürlich auch auf dem *Fit-for-fun*-Trip. Wandert viel, achtet unentwegt auf ihr Gewicht, und dieser Grüne-Tee-Tipp stammt auch von ihr. Abwechselnd kalt und heiß duschen und immer schön warm anziehen ebenfalls.

Trägt spätestens ab Herbst Liebestöter. Wie gesagt, seit einigen Jahren Witwe. Geht mit Mimi, ihrer Wärmeflasche, ins Bett. Mein Gott, was sind wir Männer einfach zu ersetzen.

Sind damit wieder bei dem Da-war-doch-noch-was-Thema.

Und da fällt mir Hans ein. Auch Rentner, traf ihn gestern in der Stadt.

»Na wie geht's?«

»Ach, beim letzten Mal ging's noch.«

»Toll, wie weit du dich zurückerinnern kannst.«

Grinsten uns an.

Erzähle es Gerda, die warnt umgehend vor Betablockern. Können impotent machen, sagt sie. Sollte man in meinem Alter meiden, warnt Gerda. Verspreche es. Was geht das eigentlich meine Cousine an?

Der gezogene Tee beendete das Gespräch. Bin ganz sicher, morgen, spätestens übermorgen werde ich mich intensiver mit ihren Schlafproblemen beschäftigen müssen. Gerdas Krankheiten sind treu.

Wieso zieht Tee eigentlich und wohin? Werd nicht albern, hast vorn eine Sechs, und hinten könnte man schon aufrunden.

Das Frühstück, Haferflocken, Joghurt mit Honig. Früher Leber-, Blutwurst, Schinken, Käse. Auch von Queen gestrichen.

Warum mache ich das eigentlich alles mit? Einspruch, mache nicht alles mit. Kann mich durchaus wehren, Rückgrat zeigen.

Habe Sonntag heimlich ein Stück Würfelzucker in den Tee geworfen, als Queen in der Küche war. Das hat sie davon. Lasse mir nicht alles gefallen.

Dieser Prinz Charles fällt mir wieder ein. Kann einem wirklich leidtun. Müsste auch mal auf den Tisch hauen, Rückgrat zeigen, so wie ich mit dem Würfelzucker. *Time to say goodbye mother*, oder so. Aber wahrscheinlich so'n Schluffi.

Grünen Tee getrunken, Haferflocken, Joghurt mit Honig gegessen. Die Pille danach.

Zehn Uhr vorbei, der Anfang ist jetzt zu Ende. War gar nicht so schwer. Muss mich beeilen. Rentnertreffen in der Stadt. Alles *Fit-for-fun*-Männer.

Unbedingt daran denken, sie vor Betablockern zu warnen. Wegen der Impotenz. Darf es auf keinen Fall vergessen. Hoffentlich ist es bei dem einen oder anderen nicht schon zu spät, denn nicht nur der Anfang, auch ein Ende kann schwer sein.

Das 6-Minuten-Frühstücksei

Montagmorgen, kurz vor 9 Uhr. Wasser für das Frühstücksei kocht, die Eieruhr: 6 Minuten, so mag ich es am liebsten.

Schalte das Radio ein, Nachrichten hören, muss wissen, was auf der Welt geschehen ist. Bin zu früh, läuft noch Reklame.

>20% auf alles, außer Tiernahrung, nur bis Donnerstag, 20% auf alles.<

Stelle Tasse, Untertasse, Teller auf den Tisch.

>Grill- und Gartenmöbel-SSV bei Deutschlands Nr. 1, Rundgrill statt 39,95 jetzt knusprige 29,95.<

Kochendes Wasser für den Teebeutel in der Kanne.

>Happy Hour beim Möbelkauf, schwedische Sommernacht, freitags und samstags bis 22 Uhr.<

Die Butter, das Brot, Messer, kleine Löffel für Honig und Ei.

>Noch einmal 20% auf alles, außer Tiernahrung.<

Endlich die Erkennungsmelodie: »Es ist 9 Uhr, Sie hören Nachrichten.«

>200 Tote bei Flugzeugunglück in Sao Paulo, der Flughafen soll jetzt umgebaut werden.<

Schrecklich, ganz schrecklich.
Schinken und Käse aus dem Kühlschrank.

>Zwei Deutsche in Afghanistan entführt. Näheres noch nicht bekannt. Krisenstab im Außenministerium.<

Habe die Gabel vergessen, die 3 Minuten für den Tee sind vorbei, Teebeutel entsorgen.

>Wieder Selbstmordattentate im Irak. 40 bis 70 Tote.<

Fürchterlich. Mag das gar nicht mehr hören.

Der Salzstreuer für das Ei.

>Die Bundeskanzlerin ist mit der Regierungsarbeit zufrieden, lobt Koalition.<

Etwas vergessen? Natürlich, der Honig fehlt. Ärgerlich, muss wieder aufstehen.

>Selbstmörder als Geisterfahrer auf der Autobahn, fünf Tote.<

Fünf Tote, schlimm ganz, ganz schlimm. Und das wegen Selbstmord, mein Gott, was so alles passiert. Halt, darf die Blutdrucktablette vor dem Essen nicht vergessen.

>Positive Dopingprobe bei deutschem Radfahrer.<

>Und nun der Wetterbericht.<

Die Eieruhr klingelt. 6 Minuten, so mag ich es am liebsten. Kaltes Wasser, das Ei abschrecken, der Eierbecher.

>Ab und zu Schauer, zwischen 20 und 24 Grad.< Morgen ähnlich wie heute.

Ausgerechnet jetzt das Telefon, bestimmt meine Frau, arbeitet schon seit zwei Stunden, die Arme.

Muss sie denn unbedingt jetzt anrufen? Weiß doch, dass ich um diese Zeit frühstücke.

»Guten Morgen. Was ich mache? Hab gerade Nachrichten gehört. Nein, nichts Besonderes, das Übliche, Irak, Afghanistan und so.

Hätte den Wetterbericht fast verpasst, soll heute und morgen so wie gestern sein.

Du hast schlecht geschlafen? Das tut mir leid. Nein, ich nicht. Bin so kurz nach 8 Uhr aufgewacht.

Müssen jetzt Schluss machen, das Ei wird sonst kalt. Bis heute Nachmittag. Und arbeite nicht so viel. Küsschen.«

Im Radio Staumeldungen ab 4 km Länge. Schalte aus, in Ruhe frühstücken.

Das Ei schmeckt wieder hervorragend, 6 Minuten, so mag ich es am liebsten.

Der Präsident

Wieder einmal war der Präsident eines großen und mächtigen Landes in einer Auseinandersetzung mit seiner Frau nur zweiter Sieger geblieben. Nach tagelangem hartnäckigen Streit hatte sie tatsächlich erreicht, dass er zukünftig nicht mehr wie bisher im Stehen, sondern im Sitzen pinkeln würde. So nebenbei auf ihre guten Beziehungen zu mehreren Frauenzeitschriften und deren Einfluss auf Umfrageergebnisse hingewiesen. Erpressung pur und das von der eigenen Frau. Aber seine Mutter hatte ihn gewarnt.

Nach einem Gespräch mit seinen Beratern gab er schließlich nach, der Kampf der Geschlechter schien zurzeit über das Stehend- oder Sitzendpinkeln ausgetragen zu werden.

Dieses Nachgeben kostete ihn allerdings einiges an Selbstvertrauen, und sein Psychiater empfahl ihm, als Soforthilfe sich ganz bewusst nach jedem Sitzendpinkeln vor seinem Spiegelbild zu verneigen und damit seine Selbstachtung zu unterstreichen. Dies würde ihm ganz sicher seine frühere Selbstsicherheit zurückgeben.

Ohne zu zögern befolgte er diesen Rat, verneigte sich nach jeder vollzogenen Tat und fühlte tatsächlich, wie sein Selbstvertrauen von Tag zu Tag wieder zunahm.

Um dies zu beschleunigen besuchte er ab und zu die Toilette, ohne dass es eigentlich erforderlich gewesen wäre, unterließ es aber wieder, als er erfuhr, dass in seinem Umfeld Probleme mit der Prostata vermutet wurden.

Abgefunden hatte er sich mit seiner Niederlage natürlich nicht, und eines Tages, unmittelbar nach einer Verneigung, hatte er eine seiner vielen glänzenden Ideen. Ein Krieg, schon ein kleiner Krieg würde alles verändern. Seine Soldaten, Stehendpinkler im Feindesland, konnten erwarten, dass ihr Präsident sich mit ihnen solidarisierte. Weder seine Gattin noch Frauenzeitschriften würden es wagen, derartig patriotisches Verhalten anzugreifen. Er war der Größte.

Nur ein Krieg fehlte noch. Doch dies war nun wirklich kein Problem. Ein Anlass war schnell gefunden, und schon bald kämpften seine Soldaten gegen ein Land des Bösen.

Der Präsident unterrichtete seine Gattin mit leichtem Siegerlächeln über sein verändertes Pinkelverhalten.

Die Spiegelbildverneigung behielt er bei, sie tat ihm gut, er mochte das.

Eines Tages kam ihm der Gedanke, dieses Gefühl von Hochachtung noch steigern zu können, wenn er einen Hut aufsetzen und ihn bei einer Verneigung vor sich abnehmen würde. Sein Psychiater fand die Idee gut, und schon kurze Zeit später hing auf jeder seiner Toiletten links neben dem Spiegel ein passender Stetson.

Und dort lief dann immer das gleiche Ritual ab. Leicht lächelnd setzte er vor dem Pinkeln die Kopfbedeckung auf, nahm sie nach vollbrachter Tat mit einer Verbeugung vor seinem Spiegelbild wieder ab und verneigte sich.

Anfangs war es dabei zu einem kleinen Problem gekommen. Er hatte seit seiner Kindheit die Angewohnheit, den Pinkelablauf zu beobachten und musste sich dazu leicht nach vorn beugen. Durch die Neigung des Kopfes rutschte manchmal der Hut nach vorn und drohte hinunter zu fallen.

Da ihm aber als Linkshandpinkler die rechte Hand – seine eigentliche Gebrauchshand – zur Stabilisierung des Hutes zur Verfügung stand, war das Problem schnell gelöst. Er hatte im wahrsten Sinne des Wortes alles im Griff.

Ärgerlich war, dass er die Öffentlichkeit nicht über sein patriotisches Verhalten informieren konnte. Seine Berater befürchteten negative Auswirkungen auf das Verhalten von Wählerinnen, da viele Männer die Situation ausnutzen und ihm nacheifern würden. Natürlich hatte auch seine Frau schon deutlich gemacht, was sie nach Kriegsende und Rückkehr der Soldaten von ihm erwartete.

Dieses Versprechen war für ihn nun wirklich kein Problem. Es gab noch viele Länder des Bösen und sie warteten alle darauf, von seinen Soldaten befreit zu werden. Er lächelte leicht. Während seiner Amtszeit würde er sich um Sitzend- oder Stehendpinkeln keine Gedanken mehr machen müssen.

Und danach? Danach?

Wen interessiert es, ob ein Ex-Präsident im Stehen oder im Sitzen pinkelt?

Onkel Faltenlos

Dreihundert Rekruten der Bundeswehr stehen zum Gelöbnis bereit. Ansprachen werden gehalten: Deutsche Soldaten bla, bla, bla; eine Ehre, dabei zu sein bla, bla; die Demokratie verteidigen; für das Vaterland und unter deutscher Fahne, bla, bla; überall in der Welt, bla.

Ansprachen, die selbst die Redner nicht interessieren. Reden, die nicht einmal vergessen werden können, da niemand wirklich zugehört hat. Bla, bla. Trommelwirbel. Die Fahne senkt sich und 300 junge Menschen geloben, geloben, geloben.

Ein Trompetensolo und dann natürlich die Nationalhymne. Und wieder geschieht es, kann mich nicht dagegen wehren. Die Stimmung des Augenblicks erreicht mich, greift nach mir, rieselt mir über den Rücken. Deutschland, Deutschland über alles!

Hab für solche Augenblicke eine Erinnerung, ein Bild in mir. Ein Bild mit drei jungen Soldaten in feldgrauer Uniform. Fröhlich lachen sie in die Kamera. Der in der Mitte mit Brille, mein Onkel. Der Onkel, den ich nie kennenlernen sollte. Für Führer, Volk und Vaterland auf dem Feld der Ehre gefallen, so schrieb man damals seinen Eltern. Gefallen! Was für ein harmloses Wort für eine entsetzliche Endgültigkeit. Gefallen, die Kurse an der Börse sind gestern gefallen. Ich bin als Kind immer wieder gefallen und aufgestanden. Mein Onkel ist liegen geblieben. Blutjung. Meine Mutter hat mir irgendwann einmal dieses Bild mit den drei Soldaten gezeigt. Ich habe es in meine Kinderhände genommen und mit den Fingern über sein Gesicht gestrichen, über dieses glatte Fotogesicht meines jungen, toten Onkels.

Über dieses Gesicht, das nie eine Chance erhalten sollte, Falten und Runzeln kennenzulernen. Gestorben für Führer, Volk und Vaterland. «Können stolz auf ihn sein.» Trauern, weinen und stolz sein? Geht das? Geht nicht, ging auch damals bei meinen Großeltern, bei meiner Mutter nicht.

Die Zeremonie vor mir fast beendet. Der Redner verlässt die Holztribüne, Marschmusik ertönt. Kenne die Melodie. Zum Schützenfest in meinem Heimatdorf wird nach ihren Klängen marschiert. Schützen mit harmlosen Holzgewehren auf den Schultern, Blumen schauen aus ihrem Lauf.

Die Soldaten vor mir treten ab, mit Gewehren aus Stahl und ohne Blumen im Lauf. Hoffentlich müssen wir nie stolz auf sie sein.

Eine Scheibe Brot

*E*iner der Tage, an denen die Sonne ihre Wärme hinter einer dunklen Wolkendecke vergeudet. Ein dünner Nieselregen aus dem Einheitsgrau, das fast auf den Dächern der Stadt liegt, die Häuser und Räume längst erobert hat. Selbst dem Weiß im Treppenhaus des Museums fällt es schwer, sich gegen das einsickernde Dämmerlicht durchzusetzen. Museumsbesuch. Lange geplant, immer wieder verschoben, heute regenunterstützt.

Zeige einem freundlichen Lächeln meine Eintrittskarte. Weist mir den Weg, wünscht mir viel Freude. Bin allein in einem großen, hell beleuchteten Raum, in der Mitte eine langgestreckte, schmale Bank. Bilderwände. Eine unbekannte Welt. Taste mich vor, Schritt für Schritt, Bild für Bild. Aneinandergereihte Perlen. Drohe in Gesichtern, Landschaften, in Qualität und Schönheit zu versinken. Muss begrenzen, mich auf wenige Bilder beschränken. Bei schönem Wetter hätte man heute eine Fahrradtour machen können.

Schritt für Schritt, Bild für Bild. Lese COUPLES DANS LE BISTRO. Bin fast schon vorbei. Ruft mich zurück. Setze mich. Versuche einzutauchen.

Paare in einem Bistro in Frankreich, Anfang des 20. Jahrhunderts. Ein Bistro? Das intime Rot des Raumes, die Kleider der Frauen lenken in andere Richtung. Menschen ohne

Gesicht, Augenpunkte. Sitzen vor Weinflaschen und Gläsern. Ein Paar tanzt. Frauenarme liegen auf Männerschultern. Besitzergreifend! Eine Barfrau hinter einer schmalen Theke. Wacht. Bewacht? Ein Bistro? Das Bild deutet an, macht nachdenklich, will beachtet werden.

Werde abgelenkt. Eine ältere Frau, graue Haare, brauner Rock, weiße Bluse, setzt sich neben mich. Schaue sie an, und dann ..., dann erreicht, fasst, fesselt er mich. Der Duft, den ich schon längst vergessen glaubte. Vor langer Zeit vergraben, begraben. Sofort wiedererkannt. Der Duft von *Chanel* No. 5, der Duft von Anita, meiner Jugendliebe. Vor Jahrzehnten unser ständiger Begleiter. Ein Geschenk ihrer Patentante. Anita liebte diesen Duft und ich liebte Anita. Mit *Chanel* No. 5.

Und mit dem Parfümgeruch kommt die Erinnerung, obwohl das Damals eigentlich für immer in einer meiner Herzkammern versenkt war. Hatte den Reißverschluss selbst zugezogen, langsam Stück für Stück, Schmerzen ertragen. Die Zeit heilt. Schmerzen werden weniger, lassen nach, und dann, irgendwann, war auch Anita Erinnerung. Erinnerung wie der Geschmack des Brotes, das mein Großvater früher selbst gebacken hatte. Irgendwann vorbei. Vorbei wie die Zeit mit Anita, meiner ersten Liebe.

Schließe die Augen, denke an damals, und dann steht Anita vor mir. Aus ihrem Gefängnis entwichen, reißverschlussbefreit durch *Chanel No. 5.*

Anita, immer noch 18 Jahre alt, obwohl mehr als 40 Jahre vergangen sind. Dunkles, gewelltes Haar. Ihr rundes Gesicht mit den hellbraunen Augen, in ihnen auch heute das Lächeln, mit dem sie mich damals eingefangen und das mich lange Zeit nicht wieder freigegeben hatte. Leicht geschminkte rote Lippen. Ein Kopf kleiner als ich, ein paar Pfunde zu viel, aber durchaus an den richtigen Stellen. Eine junge hübsche Frau, meine Jugendliebe.

Halte die Augen geschlossen, will sie nicht öffnen, mich erinnern, das Großvaterbrot noch schmecken. Und dann sind Anita und das Bild vor mir eins geworden.

Sie ist Teil des Bildes, steht auf der Tanzfläche, dreht sich, winkt mich heran. Chanel No. 5 und ihre Arme umfangen mich so, wie sie mich auch damals umfangen haben. Längst ausgewählt, bevor ich überhaupt wusste, dass es Anita gab. Wir drehen und drehen uns. Tanzen unser Lied, einen langsamen Walzer. Vorbei an den Tischen, der Bar, den anderen Paaren. Wie damals lehnt Anita ihren Kopf, ihren Körper zurück, kommt näher, näher, Körper kleben aneinander und wieder weicht sie zurück. Längst Frau, doch sie nimmt mich nicht mit. Die letzten Takte des Walzers. Anita löst sich, tanzt allein, dreht sich in den Hintergrund hinein.

Die Frau neben mir steht auf, stößt mich dabei an, zwingt mich in die Gegenwart. Nickt mir entschuldigend zu, geht langsam weiter. Und mit ihr geht der Duft von Chanel. Ich schaue ihr nach, wende den Blick, weiß um das Ende des Traumes. Sehe vor mir das Bild ohne Anita. Mit dem Duft von Chanel ist auch sie gegangen. So wie sie damals gegangen ist. Während einer Feier, einfach so. Danach nie wiedergesehen, nach und nach in die Herzkammer versenkt. Langsam Stück für Stück, brauchte seine Zeit. Und jetzt mit Chanel wieder zurückgespult, für ein paar Augenblicke Jugend noch einmal gefühlt. Eine Scheibe des Großvaterbrotes, mehr nicht. Stehe auf, lasse die Paare im Bistro hinter mir, gehe zögernd weiter. Schaue durch Bilder hindurch, nehme nichts mehr auf, kann mich nicht mehr konzentrieren. Für heute vorbei. Der Ausgang, ein freundliches ›Auf Wiedersehen‹.

Noch immer dünner Nieselregen, graue Wolken fast auf den Dächern der Stadt im Tal.

Im Scherz sagt man, dass die Kinder hier mit einem Regenschirm auf die Welt kommen. Versuche zu grinsen. Ein paar Scherze mehr wären jetzt nicht schlecht. Könnten ablenken. Muss aber vorher noch den Reißverschluss zuziehen. Und dann die Scherze.

>Verstehst du Großvater, dass ich jetzt ein Stück Kuchen vorziehen würde? Kuchen mit Sahne, viel, viel Sahne.<

Kultur

Klassische Musik in der hell erleuchteten alten Kirche, Kulturtherapie gegen dunkle, nasskalte Novembertage. Die Bänke voll besetzt wie sonst nur zur Konfirmation oder Heiligabend.

Dicke Jacken und Mäntel, die Heizung ist alt und die Kirche arm.

Über 100 Mitwirkende im Altarraum, Sänger und Musiker in Hemd oder Bluse. Eng zusammengerückt. Versuchten sich warmzuhalten.

Die Dirigentin im dünnen Schwarzen, trotzte später der Kälte mit bewundernswertem, sportlichem Ganzkörpereinsatz.

Die Sopranistin, tief dekolletiert, zitterte mit und um ihre Stimme. Dagegen opferte der Bariton, eingezwängt in Rollkragenpullover und Jacke, stimmliches Volumen auf dem Altar der Gesundheit.

Das Publikum motiviert und konzentriert. Gefühlte Erwartung füllte das Kirchenschiff, Räuspern und Hustenanfälle im Normbereich.

Unruhe entstand vorübergehend in einem Bereich des vorderen Mittelschiffes, nachdem sich dort – zunächst unbemerkt – etwas Menschliches ereignet hatte und bekanntermaßen die leisen Töne sich im Geruch am stärksten bemerkbar machen. Empörte Gesichter aller infrage kommenden

Personen ließen keine Rückschlüsse auf den Verursacher zu. Erst nach beeindruckendem Zeitablauf kehrte auch dort wieder Ruhe ein.

Zum Konzertbeginn leichte Unsicherheiten, doch bald steigerten sich Sänger und Musiker deutlich. Alles in allem versprach es, ein gedeihlicher Abend zu werden.

Leider führte dann unprofessionelles Klatschverhalten zu ernsthaften Problemen. Provinz machte sich bemerkbar.

Zunächst ließ Orientierungslosigkeit Mäntel und Jacken in den Bänken stumm verharren. Angst wegen eines fehlerhaften Klatscheinsatzes als Kunstbanause entlarvt zu werden, ließ Hände und Köpfe sinken.

Doch dann plötzlich im Vorderschiff links. Irgendjemand wagte es, führte zum richtigen Zeitpunkt kraftvoll die Handinnenflächen gegeneinander, erlöste die Herde, zeigte ihr, wo es lang ging. Erleichtert, mit hoch erhobenen Köpfen, wurde mitgeklatscht. Etwas später da capo, Vorderschiff links klatschte, die Herde folgte, der Leitwolf war gefunden, das Problem gelöst. Glaubte man.

Denn völlig überraschend startete ein Egomane im Hinterschiff rechts einen Gegenangriff. Klatschte selbstständig, aber durchaus zutreffend ohne jegliche Vorgabe oder Abstimmung von oder mit Vorderschiff links. Treulos folgte die Herde auch ihm. Vorderschiff links tief getroffen, verpasste den nächsten Einsatz. Hinterschiff rechts nutzte diese Schwäche als erneuter Vorklatscher eiskalt.

Doch dann hatte Vorderschiff links sich gefangen, nahm den Fehdehandschuh auf, läutete aber im Übereifer den nächsten Klatschvorgang zu früh an unangebrachter Stelle ein. Auch jetzt Herdentrieb. Hinterschiff rechts getroffen und damit gefährlich, ließ seinen Gegenangriff fast umgehend folgen. Wieder Herdentrieb, die Verantwortung lag ja nicht bei ihnen.

Nun war von dem Komponisten unverzeihlicherweise an dieser Stelle Klatschen nicht eingeplant worden. Der doch recht lang anhaltende Beifall führte zunächst zu einer gesanglichen Unterbrechung, während die Musiker selbstsicher und in sich ruhend in ihrem gedeihlichen Tun fortfuhren. Irgendwie litt jedoch die Vorführung als Ganzes unter dieser Disharmonie und so beendeten nach und nach auch die Musiker ihr Spiel. Zuletzt verstummte die Klarinette mit klagendem Ton. Der Unwillen aller Akteure war bis zur letzten Bank spürbar, verursachte bei den Besuchern ein schlechtes Gewissen. Interessiert wurde intensiv nach nie verlorenen Geldstücken auf dem Fußboden gesucht.

Ihrer Verantwortung bewusst, griff jetzt die Dirigentin ein, wandte sich an das Publikum und untersagte mit doch etwas schriller Stimme jegliches Klatschen bis zum Ende der Darbietung. Sie versprach, dies durch den zum Himmel hochgereckten Dirigentenstab deutlich zu machen. Mäntel und Jacken, die zu besagtem Zeitpunkt bereits längere Zeit klatschmäßig enthaltsam gelebt hatten bedankten sich für die klare Vorgabe mit erleichtertem Applaus. Dieser wiederum schien die Dirigentin zu nerven, sie unterbrach ihn mit einem sehr hoch angesetzten, leider aber unverständlichen Schrei. Erreichte dabei eine Tonlage, die zuvor mehrfach vergeblich von der Sopranistin angestrebt worden war.

In der Folgezeit ergaben sich lediglich noch zwei kleinere Probleme. Einmal, als die Dirigentin im Eifer des Gefechtes den Stab sehr hoch reckte und dies vom Publikum fälschlicherweise als das vereinbarte Zeichen gewertet wurde. Lautes Stöhnen der jetzt doch sehr gestresst wirkenden Frau beendete den einsetzenden Beifall abrupt.

Danach litt die Sopranistin – zwischenzeitlich mit einer Stola erwärmt – unter der Klatschvorgabe der Dirigentin. Der nach einer Soloeinlage durchaus verdient gewesene Sonderapplaus blieb konsequenterweise wegen des zu Boden zeigenden Dirigentenstabes aus. Verständlich, dass die Sängerin daraufhin verschnupft abtrat, hierfür kann dem Publikum allerdings nur teilweise die Verantwortung gegeben werden. Die Kälte hatte – dekolletéunterstützt – sicherlich das Ihrige dazu beigetragen.

Der Schluss vereinte noch einmal alle Akteure zu einem mitreißenden Finale. Dann der Dirigentenstab. Den lauten und andauernden Beifall hatten sich alle redlich verdient.

Beim Verlassen der Kirche traf – dem Hausherrn und der Heizung sei Dank – die draußen herrschende Kälte niemanden unvorbereitet.

Alles in allem war es ein schöner Sonntagabend. Mal etwas anderes als Tatort oder so. Eben Kultur.

Schlager

*T*raf Freitagabend in unserer Stammkneipe zufällig meinen Freund Peter. Wussten natürlich vorher, dass wir uns zufällig treffen würden. Ist alles nicht so einfach.

Hinter mir das übliche Problem mit meiner Gattin, »schon wieder in die Kneipe, wenn ich das vorher gewusst hätte«. ›Vorher‹ bezieht sich übrigens auf unseren Hochzeitstermin.

Freitag ist ein guter Tag für einen Besuch in unserer Stammkneipe. Man trifft andere Menschen, in erster Linie Männer, redet und trinkt mit- und aufeinander, fühlt sich verstanden, kommt sich näher und meist spät ins Bett. Bleibt dafür am anderen Morgen länger liegen und trifft erst mit der Ehefrau zusammen, wenn sie geschafft und kampfunlustig vom Wochenendeinkauf nach Hause kommt.

Mein zweites Bier steht schon vor mir, als Peter auftaucht. Er braucht anfangs so zwei bis drei Pils um sich von seinen drei Frauen, Schwiegermutter, Ehefrau und Tochter zu erholen und in der stressfreien Kneipenatmosphäre zurechtzufinden. Spendiere eine Runde Klaren, um den Prozess zu beschleunigen.

Müssen beide trotzdem zunächst etwas warmlaufen, sprechen über Wetter im Allgemeinen und Besonderen, über Bundesliga, Schalke und Borussia. Als diese Themen langsam versanden, das Gespräch nur noch so dahin sickert, will er plötzlich von mir wissen, ob ich manchmal deutsche Schlager höre.

Frage erstaunt: »Was sonst?«

»Und wie?«

»Na, CD oder Radio, WDR 4.«

»Und was sagt deine Frau dazu?«

Antworte indirekt, »Hab doch im Hobbyraum ein Radio.«

»Da schläft bei uns die Schwiegermutter, kann zu Hause WDR 4 vergessen. Frieda, als Klassikanhängerin Ablehnung pur, und auch bei meiner Tochter kann ich Peter Alexander, Roland Kaiser und Co. abhaken. Sind ausschließlich englische Schlager angesagt.«

»Auch von Oma keine Hilfe?«

»Oma hat das längst hinter sich gelassen, reagiert nur noch bei Heintje mit ›Oma so lieb, Oma so nett‹. Hab ihr mal erzählt, dass der selbst längst Vater ist. Meinte, das könne nicht stimmen, sie habe ihn vor ein paar Tagen noch mit seiner Kinderstimme gehört.

Nein, WDR 4 ist bei mir zu Hause out, freue mich deshalb an jedem Morgen, wenn ich zur Arbeit fahre.

Öffne die Autotür, steige ein, der Anlasser, dann WDR 4. Höre Musik von damals, sehe mich im Rückspiegel und weiß: Schönes bleibt! Und zum Feierabend noch einmal dasselbe.«

Gehe auf das mit dem Schönen nicht ein, Peter hat es schon schwer genug.

»Und wenn ihr mal in Ruhe darüber redet, so Familienrat bei Kaffee und Kuchen?«

Winkt ab: »Längst hinter uns. Kaffee und Kuchen waren gut, mehr aber auch nicht. Hab versucht ihnen zu erklären, dass deutsche Schlager von gestern und heute vielen Menschen

Freude bereiten und deutsch schließlich unsere Muttersprache ist. Außerdem Sänger und Musiker damit ihre Brötchen verdienen und englische Texte auch nicht immer das Gelbe vom Ei sind.

Hab dann mit diesem Ohrwurm ›Beiß nicht gleich in jeden Apfel‹ versucht rüberzubringen, dass oft mehr in einem Text steckt, als man vermutet.«

Schaue ihn fragend an.

»Liegt doch auf der Hand: einmal für Ältere der Hinweis, ihre Zahnprothesen nicht zu überfordern und dann für die Jüngeren der Fingerzeig, dass andere Mütter auch schöne Töchter oder Söhne haben.«

»Und?«

»Meine Tochter meinte, ich hätte die Warnung für Vegetarier vergessen, könnte ja auch ein Wurm im Apfel sein. Von meiner Gattin ihr antrainiertes ironisch überlegenes Lächeln und dann nur ein Wort: ›Schwachsinn‹.

Hab ärgerlich reagiert, darauf hingewiesen, dass so manchem Mann vieles erspart geblieben wäre, wenn er rechtzeitig WDR 4 und dieses Lied gehört hätte, so wegen anderer Mütter und Töchter. Wenn **sie** wisse, was **ich** meine.«

»Und?«

»Meine beleidigte Gattin schlug voll zurück: Sie habe sich mal in einem Kaufhaus diesen Schlager über Dschingis Khan anhören müssen, laut Text habe der in einer Nacht sieben Kinder gezeugt. Sie wolle diese Zahl Sieben nicht kommentieren, aber das Thema so grundsätzlich und allgemein mal angesprochen haben. Wenn **ich** wisse, was **sie** meine.«

Diese Sache mit dem Dschingis und dem, was seine Frau gemeint haben könnte, wird zwischen Peter und mir nicht weiter thematisiert, ist alles nicht so einfach.

»Und dann der vermeintliche Fangschuss: Hätte es nicht für möglich gehalten. Frau und Tochter standen auf, gingen zur Tür und ließen ein höhnisches ›Humba-Humba-Humba-Täterä-Täterä-Täterä‹ erklingen, wiederholten es noch einige Male und verließen mit einem letzten lang gezogenen ›Humba-Täteräääää‹ das Zimmer. Als wenn ein ›Humba-Täterä‹ den deutschen Schlager und WDR 4 ausmachen würde. Einfach nur plattmachen. Hatte Gott sei Dank noch Kaffee und Kuchen. Das zum Thema Familienkonferenz.«

»Und Oma?«

»Oma wurde beim zweiten ›Humba-Täterä‹ wach, fragte, ob es Zeit für die Kirche sei und schlief nach meinem Kopfschütteln wieder ein.«

Lothar, unser Stammkneipenwirt, immer mit einem Ohr bei den Sorgen seiner Gäste, reagiert umgehend äußerst feinfühlig. Gedämpft klingt aus den Lautsprechern das Lied von der kleinen Kneipe, wo man zu Hause und das Leben noch lebenswert ist. Peter ordert daraufhin drei Klare, bezieht Lothar dankbar mit ein.

Eindeutig angeschlagen möchte mein Freund am liebsten in die weite Welt, besteht auf meine Begleitung. Frage ihn, was ohne uns aus Lothar werden solle. Der hat natürlich mitgehört. Glaubt, dass er mit seinen Rücklagen doch eine gewisse Zeit ohne uns überbrücken könne. Reicht uns gerührt etwas aus einer Flasche mit braunem Inhalt, wohl etwas Besseres und auch Stärkeres, denn Peter beginnt, nachdem er sich zwei- bis dreimal frei gehüstelt hat, bereits zu diesem frühen Zeitpunkt laut und falsch zu singen. Dieses inhaltsvolle Lied von dem Mann, der abends das Haus verlässt, nur Zigaretten holen will und dem unterwegs voller Sehnsucht einfällt, dass er noch niemals in New York, auf Hawaii und mit zerschlissenen Jeans in San Franzisco war.

Zu dieser Zeit befinden sich nur noch Männer mit vielen Strichen auf den Bierdeckeln im Lokal. Lauschen zunächst andachtsvoll, dann fällt einer nach dem anderen ein, und diese ewige Sehnsucht nach Ferne und Abenteuer, dieser einsame Wolf in uns bricht sich Bahn. Ein starkes Gefühl von Verbundenheit legt sich dabei über Mensch und Getränk. Irgendjemand spendiert männlich gerührt eine Runde Williams. Mir wird es morgen sehr schlecht gehen.

Danach macht Kolpingchor-Willi mit einem eigenartigen Stampftanz auf sich aufmerksam und singt dabei so etwas wie oh-winni-winni-wanna, oh winni-winni-wanna, und von einer Trommel, die zum Tanz rufe, er aber vorher noch den Hochzeitskranz binden müsse. Dabei ist er mindestens 55 und hat die Silberhochzeit längst hinter sich.

Dieses eigentlich anspruchslose Lied erbrachte eine Runde Braunen von Lothar, die Pils zum Nachspülen kamen von dem sonst eher sparsamen Elmar.

Habe an die Zeit danach nur noch undeutliche Erinnerungen, so an einen fantastisch eingesprungenen Rittberger von Hans, der dem anhaltenden winni-wanna von Willi ein durchaus ansprechendes shalala, oh shalali beifügte. Das letzte Lied, das ich wissentlich mitgesungen habe, betraf Tänzer, die vor ihren Hütten stehen und uns mitteilen, dass der Löwe heute Nacht schläft. War danach im Hinblick auf meinen Heimweg beruhigt.

Zu diesem Löwenlied gehört übrigens ein Ohihohihodidiho, das textlich relativ schnell von allen aufgenommen und mitgesungen wurde.

Muss dann irgendwann nach Hause gegangen sein. Hab

wieder einmal Recht behalten. Geht mir heute schlecht, berichtige: sehr schlecht. Andererseits wollte ich schon immer eine Schlagergeschichte schreiben. Die ist jetzt – wie auch immer – in nassen Tüchern. Schon klar, müsste trockene Tücher heißen, aber die würden mir auf meiner heißen Stirn nicht das Geringste helfen. Übrigens völlig sinnlos meine Gattin um diesbezügliche Hilfe zu bitten.

Wenn ich das vorher gewusst hätte.

Vogelfrei

In der Astgabel eines alten Apfelbaumes hockte seit geraumer Zeit ein kleiner gelber Vogel. Eine neugierige Blaumeise gesellte sich zu ihm und erfuhr, dass sie neben einem Wellensittich saß, der bisher bei Menschen in einem Käfig gelebt hatte und erst vor ein paar Stunden entflogen war.

»Hast Du ein Glück gehabt«, piepste die Meise.

»Ach ich weiß nicht«, kam die überraschende Antwort. »Seit ich frei bin, sind mir ein paar schlimme Dinge zugestoßen. Kaum hatte ich etwas zu fressen entdeckt, waren ein paar Spatzen schneller und verjagten mich. Wurde vor lauter Hunger unvorsichtig und bin nur mit viel Glück erst einem Auto und dann einer Katze entkommen. Sitze jetzt hier und traue mich kaum, noch etwas zu unternehmen. Außerdem ist mir kalt, und ich weiß nicht wohin heute Nacht.«

Die Blaumeise hatte aufmerksam zugehört, überlegte eine Weile und sagte dann: »Ich kann mir vorstellen, dass es vor allen Dingen am Anfang schwer für dich sein wird. Gefahrlos zu übernachten, da helfe ich dir, aber ansonsten bist Du auf dich selbst angewiesen, musst dich durchkämpfen. Leicht wird es nicht, aber Freiheit bekommt man nicht geschenkt. Doch du kennst die Alternative, ein Käfig und geschlossene Fenster.«

»Vielleicht ist das mein Leben«, antwortete der Wellenssittich.

Die Blaumeise schüttelte den Kopf. »Das kann es nicht sein«, sie rückte etwas hin und her, machte es sich bequem und fuhr dann fort.

»Frei wie ein Vogel im Wind, sagen die Menschen und versuchen seit Jahrhunderten, das zu erlernen, was uns die Natur mitgegeben hat. Schau dir einmal dort oben die Schwalben an, und du spürst vielleicht etwas von dem, was Freiheit bedeuten kann. Dieses Gefühl, wenn man vom Boden abhebt und alles zurücklässt. Fliegen, die Weite des Himmels spüren, sich von den Wolken dahintragen lassen, etwas, das man in einem Käfig nicht einmal erahnen kann. Nur den eigenen Gedanken nachhängen, sich lösen von den Ängsten und Nöten hier unten. Selbst entscheiden, was man macht, wohin man fliegt und was man hinter sich zurücklässt. Eben frei wie ein Vogel im Wind. Und das alles gegen Fressen in einem Käfig?«

In der Astgabel des alten Apfelbaumes war es lange Zeit still. Erwartungsvoll schaute die Blaumeise auf den Wellensittich, als der zu sprechen begann.

»Manchmal kann eine Wahl eine Qual sein und man ist sich bewusst, dass man etwas zurücklässt, dem man später nachtrauern wird. Doch ich habe mich entschieden, weiß aber auch, dass du diese Entscheidung nicht nachvollziehen kannst. Du hast dieses Freiheitsgefühl wunderschön geschildert. Aber wir sind unterschiedlich, ich bin nicht wie ihr. Hätte vielleicht sogar Angst, mit den Wolken um die Wette zu fliegen.

Kenne eure Freiheit nicht, habe sie nie kennen gelernt, kann sie nicht wie ihr vermissen. Weißt du, an manchen Tagen bekomme ich in meinem Käfig besonders leckere Körner. Du wirst sie noch nie gefressen haben und daher ihren

Geschmack auch nicht vermissen. Verstehst du, der Geschmack der Freiheit ist nicht in mir.

Dagegen aber das Gefühl der Sicherheit. Nicht um Fressen kämpfen und nie Hunger verspüren zu müssen. Einfach versorgt zu sein. Niemals frieren und keine Angst vor Katzen. Ohne Sorgen zu leben, diesen Geschmack kenne ich, und ich habe heute empfunden, was er für mich bedeutet. Kann und will auf ihn nicht verzichten.

Ja, ich hab mich entschieden, möchte zurück und wäre dir dankbar, wenn du mir den Weg zeigen würdest.«

Die Blaumeise versuchte nicht mehr, ihn umzustimmen. Sie ließ sich von ihm das Haus mit der Wohnung beschreiben und flog voraus. Sie sahen das geöffnete Fenster und der Wellensittich drehte noch einmal eine große Runde. Die letzte Zigarette eines Rauchers vor der Abstinenz. Das Gefühl der Freiheit noch einmal spüren, vielleicht sogar als Erinnerung mitnehmen. Bedankte sich bei der Meise und tauchte in die Dunkelheit des Raumes.

Die offen stehende Käfigtür, er zögerte nur einen kleinen Augenblick, flog hinein. Noch ein letzter Blick zurück. Er sah, wie die Blaumeise in den Himmel zu steigen schien, vergaß für einen Augenblick, dass er wieder in seinem Käfig saß, wollte ihr nachfliegen und stieß sich den Kopf. Dann sah er die leckeren Körner auf dem Käfigboden, vergaß das Draußen und begann zu picken. Vielleicht durfte er morgen im Zimmer fliegen.

Die Blaumeise stieg noch ein Stück dem Himmel entgegen, dann ließ sie sich zurückgleiten. Sie hatte Hunger und musste sich jetzt um ihre Nahrung kümmern. ›Einfach das Essen vorgesetzt bekommen ist natürlich auch etwas Feines‹

dachte sie, während sie Ausschau hielt. >Aber dafür die Freiheit aufgeben? Keine eigenen Entscheidungen mehr treffen?
Nicht wirklich leben? Nie mehr den Wind unter den Flügeln
fühlen, die Wärme des Sommers und die Kälte des Winters
spüren?< Die Meise schüttelte den Kopf. Dann entdeckte sie
einen morschen Baum und war sicher, dort satt zu werden.
Als sie die Flugrichtung änderte, war der Wellensittich schon
Vergangenheit.

Turteltauben

Nicht unbedingt überraschend: Wolken über Wuppertal, Wolken über dem Werth und den anliegenden Straßen und Plätzen. Menschen hasten, verharren kurz vor Schaufenstern, betreten, verlassen Geschäfte, eilen weiter. Regen droht.

Über dem Geschwister-Scholl-Platz eine einzelne Taube, fliegt eine Runde, lässt sich dann auf dem Bismarck–Denkmal nieder. Während sie noch versucht, es sich hoch oben auf dem Helm, der den Kopf des eisernen Kanzlers schützen soll, etwas bequem zu machen, fordert eine tiefe männliche Stimme sie auf, ihren Platz doch bitte umgehend zu verlassen. Es gehöre sich nicht für eine Taube, auf dem Kopf eines ehemaligen Reichskanzlers zu sitzen. Etwas tiefer stehe dafür durchaus die rechte oder linke Schulter zur Verfügung. Bismarck sei übrigens sein Name, von Bismarck genauer gesagt.

Nachvollziehbar erschrocken verlangt die Taube zu wissen, wieso ein Denkmal sprechen und sie dies dann auch noch verstehen könne. So genau wisse er das auch nicht, es hänge wahrscheinlich damit zusammen, dass ein Möchtegern-Autor eine Liebesgeschichte mit Wuppertalanbindung schreiben wolle, er terminabhängig händeringend auf Eingebungen warte, ihm aber themenbezogen bisher noch nichts eingefallen sei.

So lasse er – in der Hoffnung davon profitieren zu können – Örtlichkeit, Personen und Sachen freien Lauf. Die Geschichte auf dem Teller serviert bekommen, abschreiben, geringfügig ändern und sich dann mit fremden Federn schmücken. Übrigens nicht so ganz neu in der Literatur.

Wenn sie also etwas über die Liebe zu erzählen habe, solle sie diese Gelegenheit nutzen. Er selbst sei ja bereits Geschichte, und wenn sie diesem Schreiberling unter die Arme greife, könne sie möglicherweise verhindern, für immer im Nichts zu verschwinden.

Tief beeindruckt flattert die Taube auf Bismarcks rechte Schulter und bietet aus Angst vor dem Nichts an, die Geschichte ihrer Liebe zu erzählen, die ohne weiteres von dem Autor übernommen werden könne. Urheberrechte mache sie nicht geltend.

Direkt angesprochen schaltet dieser sich jetzt ein und weist darauf hin, dass er grundsätzlich nicht auf Hilfe angewiesen und durchaus in der Lage sei, selbst etwas zu Papier zu bringen. Im Übrigen glaube er nicht, dass eine Taube eine Grenzen überwindende Liebesgeschichte beisteuern könne. Wenn sie aber unbedingt erzählen wolle, er werde sie nicht daran hindern. Natürlich bleibe er durchgehend federführend.

Die Taube macht es sich auf der Bismarckschulter bequem und beginnt:

»Bin eine Brieftaube, wie man an meinem Fußring erkennen kann. Bei einem Zielflug am Kopf verletzt, habe ich die Orientierung verloren und musste gar nicht so weit von hier direkt neben einer viel befahrenen Straße auf einem Platz mit Verkaufsbuden und einem hohen Brunnen notlanden.

Das Programm für den Heimflug einfach nicht mehr abrufbar und damit die Heimat verloren. Für mich begann eine ganz, ganz schwere Zeit.«

»Vielleicht etwas weniger Selbstmitleid und dafür mehr von der Liebe,« ungeduldig der Autor.

»Täubi, hieß die Liebe meines Lebens«, fuhr die Taube fort. So habe ich ihn jedenfalls genannt. Nicht besonders einfallsreich, aber Schnucki, Mausi oder Schatz bei den Menschen auch nicht intelligenter.

Wir begegneten uns zwei Tage nach meiner Notlandung. Hatte in dieser kurzen Zeit schon Schlimmes erlebt. Will nicht groß klagen, aber die Stadttauben gönnten mir nichts. Stärker als ich, machten sie mir das Leben sehr, sehr schwer. Musste, um zu überleben, Dinge essen, an die ich früher nicht einmal gedacht hätte. Ohne Täubi wäre es sicher bald mit mir zu Ende gewesen. Doch als er dann in mein Leben stolzierte, änderte sich Gott sei Dank alles zum Guten.

›Stolzierte‹ übrigens durchaus zutreffend. Plusterte sich gewaltig auf, stelzte um mich herum und gurrte, als ob es damit einen Preis zu gewinnen gäbe. Und zusätzlich eine Verbeugung nach der anderen. Hab ihn zunächst nicht weiter beachtet. Nichts ärgert einen eingebildeten Täuberich mehr.

Musterte ihn aber versteckt so unter der Augenklappe. Durchaus ein stattlicher Vogel, konnte sich sehen lassen. Gefiel mir nicht schlecht, bin trotzdem weggeflogen, mich dann später gefragt, ob ich nicht zu abweisend gewesen sei. Doch am nächsten Tag war Täubi wieder da.

Natürlich zunächst das gleiche Theater wie am Tage zuvor. Ich glaube, ein Täuberich kann gar nicht anders. Stolzierte daher, als sei er etwas ganz Besonderes. Plusterte sich auf, gurrte und gurrte, als wenn es um die Endausscheidung in einem Wettbewerb gegangen wäre. Und immer wieder diese Verbeugungen. Gehört wohl bei einem Täuberich zur Werbung.

Muss irgendwann gemerkt haben, dass er damit bei mir keinen großen Eindruck hinterließ, wurde langsam ruhiger und unternahm dann so einige Dinge, die mir gefielen. Machte zunächst den anderen Tauben klar, dass ich unter seinem Schutz stand und sie es bei einem Angriff mit ihm zu tun haben würden. Das reichte fast immer. Teilte besonders gutes Fressen mit mir, und ich ließ mich nicht lange bitten. Erhielt manchmal sogar das beste Stück. Total ungewöhnlich für eine Stadttaube. Er schien tatsächlich viel für mich zu empfinden.

Und ich, was fühlte ich, die notgelandete und ohne ihn verlorene Brieftaube? Man muss wissen, dass wir in der Hierarchie der Tauben etwas Besonderes sind. So besteht eine innere Grenze zwischen Stadttauben und uns. Eine Verbindung eigentlich undenkbar. Aber was war in meiner Situation schon undenkbar? Hatte ich eigentlich eine Wahl?

Sympathie und Dankbarkeit, aber Liebe auf den ersten Blick war es bei mir ganz sicher nicht. Doch ausgerechnet etwas Komisches, Lächerliches brachte uns näher.

Wieder einmal ein Rückfall von Täubi. Er stolzierte, gurrte und verbeugte sich ununterbrochen in meine Richtung. Irgendwann hatte er sich ganz, ganz weit vorgebeugt, das Kopf- und Kropfgewicht damit zu groß und schon lag er auf dem Bauch, rollte auf den Rücken und strampelte mit den

Krallen. Musste laut lachen und rechnete mit seinem Zorn. Doch nach ein paar Schrecksekunden begann auch er zu glucksen. Fand ich stark für einen Täuberich.

So wurde Täubi für mich von Tag zu Tag anziehender und vor allen Dingen unentbehrlicher. Ein Leben ohne ihn eigentlich nicht mehr vorstellbar. Aber Liebe? Was ist das? Auf Zielflügen in der Luft erfährt man nichts darüber. Kann denn ein Fisch wissen, was Fliegen bedeutet?

Lernte Täubis Unterkunft kennen und zog kurz danach ganz zu ihm. Zwischen Mauer und Dach eine Art Höhle mit Reisig. Geschützt vor Regen und Wind. Und für mich bei meiner Abneigung gegen Kälte das Wichtigste: im Hintergrund ein durchgehend warmes Heizungsrohr.

Es begann eine wunderschöne, sorglose Zeit. Unser gemütliches Heim, viel und gutes Essen, außerdem respektierten mich die anderen Tauben. Ich fühlte mich vom Schnabel bis zur Schwanzspitze wohl, meine Gefühle für Täubi immer stärker, irgendwann war ich mir ganz sicher, ich liebte ihm. Mit ihm zu Hause angekommen.

Freute mich auf seinen ersten Blick am Morgen, auf die dunkle Nacht, in der wir aneinander kuschelten. Den Tag, an dem wir so viel unternahmen und zwischendurch immer mal wieder wie die Tauben turtelten. Es war wunderschön. Auch wenn mir die Erinnerung an das Gestern fehlt, so etwas hatte ich ganz sicher noch nicht erlebt.

Wir eroberten uns gemeinsam eine neue Welt. Trauten uns über den bisherigen Häuserhorizont hinaus. Flogen Straßen entlang, aber immer nur so weit, dass wir wieder zurückfinden konnten. Entdeckten den Bahnhof, die Bahn, die an Stahlträgern in der Luft hängt und hoch über dem Fluss schwebt. Wir sahen zum ersten Mal Dinge, von denen wir nie etwas geahnt hatten. Und dann die vielen Menschen. Kamen aus dem Staunen nicht heraus. Abends in unserem Heim erinnerten wir uns und erlebten so alles noch einmal, kuschelten uns dann fest aneinander und schliefen mit der Vorfreude auf den nächsten Tag müde ein.

Was interessierte mich da noch das verlorene Gestern? Ich liebte und lebte. Mit Täubi, jetzt und hier und nirgendwo anders.

Es war so wunderschön. Es hätte noch ganz, ganz lange, für immer so weiter gehen können, doch ›mit des Geschickes Mächten ...‹

Eines Tages saß Täubi hoch oben auf dem Brunnen, sah auf der anderen Straßenseite einen lang vermissten Kumpel und flog ohne jede Vorsicht sofort los. Nun liegt es in der Natur der Dinge, dass Lastwagen stärker sind als jede noch so große Taube. Täubi hatte keine Chance. Ein kleiner Schluchzer, selbst ein Abschied ist mir nicht vergönnt gewesen.

Konnte und wollte es nicht wahr haben. Ganz fürchterlich unter seinem plötzlichen Ende gelitten. Umgehend vorbei das gute Leben, nicht einmal Trauerzeit wurde mir von den anderen Tauben zugebilligt. War sofort wieder die Fremde, die verjagt werden musste. Noch ein paar Tage so durchgeschlagen, dann einfach losgeflogen. Immer der Schwebebahn folgend bin ich auf diesem Platz gelandet. Werde aber auch hier von den Tauben abgelehnt, immer wieder angegriffen. Wahrscheinlich geht es Fremden auf der ganzen Welt so.«

»Und nicht nur bei den Tieren«, der Autor meldet sich wieder zu Wort, bedankte sich für die Erzählung, die mit dem Tod von Täubi als Liebesgeschichte nun ja beendet sei. Sie habe ihm durchaus gut gefallen, etwas Sex hätte ihr vielleicht mehr Pep gegeben, aber Tauben seien da wohl eher zurückhaltend.

Natürlich müsse er alles noch überarbeiten, aber im Großen und Ganzen könne man den Text durchaus akzeptieren.

Als guter Autor habe er sich selbstverständlich bereits Gedanken darüber gemacht, wie er die Geschichte insgesamt enden lassen könne und sich entschieden, das Gedächtnis der Taube vollständig wieder herzustellen.

Bei einer tätlichen Auseinandersetzung sei sie von einem harten Schnabelschlag am Kopf getroffen worden, kurzfristig etwas benommen danach aber endlich wieder vollständig orientiert. Die Erschütterung durch den Schlag habe in ihrem Kopf alles wieder geordnet und ihr das Erinnerungsvermögen zurück gegeben. Sie könne im Grunde sofort den Heimflug antreten.

Wo sie ihre Heimat finden werde, möchte die Taube wissen.

Völlig korrekt macht der Autor darauf aufmerksam, dass das Ziel sich ausschließlich in ihrem Kopf befinde. Sie werde geleitet und im Endeffekt erst bei der Ankunft wissen, wo sie tatsächlich zu Hause sei. Niemand könne ihr das jetzt sagen. Dies macht die Taube traurig, wenn niemand wisse, wo sie wohne, könne sie in Zukunft auch von niemandem besucht werden.

Der Autor stimmt ihr zu, er könne im Augenblick allerdings auch nicht erkennen, wer für einen Besuch in Betracht komme. Er selbst habe es nicht vor, Herr von Bismarck werde aus nachvollziehbaren Gründen darauf verzichten müssen und Täubi weile ja nun nicht mehr unter den Lebenden.

»Ich kam als Fremde und fliege als Fremde,« seufzt die Taube.

Ein starker Abgang, denkt der Autor, als die Taube flatternd die Schulter von Bismarck verlässt, noch eine kleine Runde dreht und dann aus seinem Gesichtsfeld verschwindet.

Herr von Bismarck hatte sich nicht mehr gemeldet, als ehemaliger Soldat schien er sich in vorauseilendem Gehorsam rechtzeitig in sein Denkmaldasein zurückgezogen zu haben.

Nicht unbedingt überraschend: Wolken über Wuppertal, Wolken über dem Werth und den anliegenden Plätzen. Regen droht.

Kassen-Stand

*H*eute Morgen war es wieder so weit. Ein Supermarkt, drei geöffnete Kassen, und ich stand dort, wo sich nichts mehr bewegte. Links und rechts ging es zügig voran, und meine Reihe machte in statisch. Dabei hatte ich mich nach einem vergleichenden Blick in die Einkaufswagen bewusst für die mittlere Reihe entschieden. Ein Fehler, wie sich bald zeigen sollte. Unsere anfangs durchaus zügige Vorwärtsbewegung wurde von drei nicht gewogenen Bananen gestoppt.

Die Kassiererin verschloss die Kasse, nahm die Bananen und verschwand freundlich lächelnd Richtung Obststand. Wahrscheinlich dankbar, sich mal wieder etwas bewegen zu können.

Der Bananenkäufer lächelte uns entschuldigend an. Zurückgelächelt hat niemand.

Irgendwann ging es dann weiter. Im Grunde etwas Alltägliches, eigentlich nicht der Rede wert. Aber dieses Immer-wieder-ich nervt.

Ein fauler Apfel beim Kunden vor mir. Umtausch, warten. Eine Joghurtpfütze unter einem defekten Becher auf dem Laufband. Umtausch, warten. Eine alte Dame, die minutenlang in ihrem Portemonnaie wühlt. Sie wird zwar nicht umgetauscht, aber warten, warten. Wie gesagt, es nervt.

Meine Gattin hält mich für besonders empfindlich, Fliege an der Wand und so, dabei nehme ich bereits unabänderliche Ereignisse wie das Wechseln des Kassenstreifens oder der Kassiererin problemlos in Kauf.

Dann vor ein paar Tagen dieser Ladendieb. Möchte nicht über ihn richten, doch wo erwischte es ihn? Richtig, fast unmittelbar vor mir wurde er entdeckt. Zugegeben, es war durchaus ein interessanter Vorgang, sicherlich für den Dieb auch weitaus belastender als für mich, aber es geschah in meiner Reihe, meine Kasse wurde geschlossen und ich konnte mich neu anstellen.

Ein paar Tage später ein größeres Geldstück, das unter die Kasse gefallen war, unbedingt gesucht werden musste und sich nach drei Minuten als Metallknopf entpuppte.

Eine fehlende Preisauszeichnung, Diskussionen zwischen Käufer und Kassiererin über die Geltungsdauer von Sonderangeboten usw. usw.

Und immer wieder warten, warten. Wurde mit der Zeit durchaus toleranter. Als aber unlängst eine Kassiererin ihre frühere Schulfreundin unmittelbar vor mir wiederentdeckte und nach einiger Zeit von dem »Wie-geht-es-dir?« in das »Weißt-du-noch?« wechselte, gestattete ich mir doch, auf die Verderblichkeit einzelner auf dem Laufband liegender Waren hinzuweisen. Meine Ironie wurde tatsächlich verstanden und die beiden verabredeten sich, nach einem nicht besonders freundlichen Blick in meine Richtung, für einen späteren Zeitpunkt.

Irgendwann kam, was kommen musste, aufgestauter Frust ließ mich vom Opfer zum Täter werden. Aber auch das ein Reinfall. In böser Absicht hatte ich zwei Äpfel nicht gewogen und wartete auf meinen Auftritt. Da brachte der Kunde vor mir mit nicht gewogenen Weintrauben alles zum Stehen. Nach einem Blick in die Gesichter hinter mir verließ ich vorsichtshalber mit meinen Äpfeln die Reihe, ging zur Obstwaage und stellte mich anschließend als Letzter wieder an. Trotz dieser Erfahrung versuchte ich es später noch einmal mit drei nicht gewogenen Apfelsinen. Auch das ein Reinfall! Die Apfelsinen hatten Stückpreise.

Überlegte schon – trotz grundsätzlicher Bedenken in finanzieller Hinsicht – den Einkauf an meine Frau abzutreten. Da brachte ein Zeitungsartikel die Lösung.

Ein bekannter amerikanischer Filmschauspieler hatte das Geheimnis von Knack-Po und Waschbrettbauch verraten. Immer wenn er irgendwo anstehen müsse, ziehe er Gesäß und Bauchmuskeln für 30 Sekunden zusammen, wiederhole diesen Vorgang, bis die Wartezeit vorbei sei.

Warten ist seitdem für mich kein Thema mehr. Bin sicher, heute Morgen vor dem Spiegel schon die ersten Erfolge gesichtet zu haben.

Meine Frau hat sich bisher noch nicht dazu geäußert.

Rückkehr

Den Wagen geparkt, den Motor ausgeschaltet. Eigentlich hätte er jetzt aussteigen können. Aber so einfach war das nicht. Mehr als 30 Jahre lagen zwischen Sitzenbleiben und Aussteigen, zwischen dem Damals und dem Heute, zwischen dem Verlassen des kleinen Dorfes, in dem er die ersten 20 Jahre seines Lebens verbracht hatte, und dem Wiedersehen. Mehr als 30 Jahre.

In dieser Zeit war gebaut und eingerissen, geboren und gestorben und aus jung alt geworden. Mehr als 30 Jahre. Viel zu lange hatte er den Besuch hinausgezögert. Und mit den Jahren war ein Gefühlsstau aus Kinderspielen, Freunden, Wäldern, Wiesen, offenen Türen in jedem Haus, Familie, Alkohol, Armut, Scham, und, und, und entstanden.

Jedes Jahr hatte die Hürde in ihm höher wachsen und mit der Zeit fast unüberwindbar werden lassen.

Und dann hatte er einfach ein paar Sachen zusammengepackt und war losgefahren. Einfach so. Unterwegs einige Male daran gedacht, wieder umzukehren. Aber er gestattete sich ganz selten, feige zu sein, und irgendwann war er dann auch schon zu weit.

Mit dem Ortsschild und den ersten schwarz-weißen Fachwerkhäusern waren sie da. Namen, Personen, Ereignisse. Unaufgefordert, nicht abgerufen. Verdrängt, doch wohlbehütet.

Einfach da. So als wäre eine Tür aufgeschlossen worden, hinter der sie ungeduldig auf ihren Auftritt gewartet hatten.

Natürlich hatte er gewusst, dass sein Besuch weitaus mehr werden würde als ein >Hallo Werner, ich bin der Klaus, erinnerst du dich, wie geht es dir, was macht der Hans, bla, bla, bla … <. Dafür war damals viel zu viel geschehen und im Grunde nichts aufgearbeitet worden.

>Spurensuche könnte man es nennen< dachte er. Unveränderte Spuren von damals, die ihn zurückführen würden. Und dann? Er wusste es nicht. Auf jeden Fall war es ein Anfang.

Er stieg aus und entschied sich für die Kirche. Nur ein paar Meter hinter der engen Kurve und dem Gasthof. Und dann die erste Enttäuschung. Seine alte graue Bruchsteinkirche gab es nicht mehr. Eine neue Kirche stand auf ihrem Platz. Eine schöne Kirche, aber nicht seine Kirche. Keine Erinnerungen, eine ausgelöschte Spur.

>Ausgelöschte Spur< ist eigentlich falsch, dachte er. Wenn eine Spur ausgelöscht ist, ist es auch keine Spur mehr. Grinste dann leicht über sich selbst. Vielleicht war das im Augenblick nicht so wichtig.

Ein paar Meter weiter auf der gegenüberliegenden Straßenseite die nächste Enttäuschung. Dort hätte er eigentlich die alte Zwergschule sehen müssen. Was den Blick auf sich zog, war ein mehrgeschossiger rechteckiger Block, eine neue Schule. Hell, groß und sicher zweckmäßig. Aber nicht seine Schule. Der Schulhof verkleinert und asphaltiert. Weder Rasen noch Bäume, die als Torpfosten beim Fußballspiel in den Pausen dienten. Nirgendwo Spuren der Vergangenheit. Was er sah, war das Heute, nicht das Gestern. Und so ging es weiter. Die Bahnstrecke stillgelegt, der Bahnhof zu einem Wohnhaus umgebaut. Nirgendwo Gleise. Keine Fahrkartenausgabe, noch eine Wassertankstelle für Lokomotiven.

Sein Sportplatz, damals eine bessere Wiese mit zwei Toren, auf dem in der Woche Kühe weideten und vor einem Spiel erst Kuhfladen entfernt werden mussten, heute ein roter Sandplatz.

Der Tante-Emma-Laden eine Wohnung, der Eingang zugemauert.

Wo waren die vielen Gläser mit den roten, grünen, gelben und ach-weiß-nicht-mehr-Bonbons geblieben? Eine Wohnung mehr, eine Spur weniger.

Sein Weg führt ihn weiter zur Brücke über den Fluss, der das Dorf teilt.

Als er sah, dass selbst die alte Brücke durch eine neue ersetzt worden war, fragte er sich, ob er überhaupt noch etwas Unversehrtes aus seiner Zeit finden würde. Optimistisch war er da nicht mehr. ›Dann zaubere ich mir die Vergangenheit einfach selbst herbei‹, dachte er, lehnte sich über das Brückengeländer und starrte fest auf das fließende Wasser. Und wie damals als Kind fuhr er mit dem Schiff »Brücke« gegen den Strom. Ein leichtes Lachen, er hatte die Zeit und die Neumacher überlistet. Als er dann noch auf eine unter ihm im Wasser stehende Forelle spuckte – so wie er es als kleiner Junge oft getan hatte – fühlte er sich schon besser.

Sein Blick wanderte den Fluss hinauf, schweifte ab über die Wiesen, dann weiter zu den Bäumen am Hang. Und endlich, das, was er jetzt sah, kannte er, war in ihm gespeichert. Die Bilder aus Vergangenheit und Gegenwart wurden deckungsgleich. Der Fluss, die Wiese, die Bäume und auf der Anhöhe die kleine Kapelle im Schutz der alten Linde. Gestern gleich heute. Dort oben würde er die Vergangenheit zurückholen.

Er spuckte noch einmal, war aber schon unterwegs, bevor die Spucke das Wasser erreicht hatte. Vorbei an dem ehemaligen Tante-Emma-Laden, der eigentlich ein Onkel-Otto-Laden gewesen war, dann die erste Kreuzwegstation, die letzte würde er vor der Kapelle finden. An der umgebauten Schützenhalle vorbei, weitere Kreuzwegstationen, und dann war er am Ziel.

Die Kapelle und ihr Vorplatz wurden von der gewaltigen Baumkrone der Jahrhunderte alten Linde fast vollständig überdacht. Schritt langsam über ihre Wurzeln, die den Boden wölbten, blieb in der Mitte des Platzes stehen und schaute zurück. Kapelle und Baum gegenüber dem Damals unverändert. Es war seine Kapelle, seine Linde, seine Spur aus der Vergangenheit. Selbst die gerundete Bank unter dem Baum war noch vorhanden.

Er drehte sich und schaute in die andere Richtung. Auch hier die Spur. Der Weg, die hohe Weißdornhecke, dahinter die Wiesen. Heute ging in Gestern über. Er war angekommen.

Fast mit einem Gefühl von Dankbarkeit lehnte er sich mit dem Rücken gegen den Stamm der Linde und legte die offenen Hände auf ihre Rinde. Schloss die Augen und überließ sich der Ruhe und dem Frieden des Baumes und wurde eins mit ihm und seiner Zeit.

Er sah den kleinen Jungen mit seinem Bruder beim Spiel auf dem Platz unter der Linde. Die blonden Haare, die hellen Augen; hörte sein fröhliches Lachen. Das Bild wechselte. Seine Eltern und sein Bruder auf der Bank. Die Mutter mit Kuchen und Himbeersaft, sicher ein Sonntag. Einer der wenigen guten Tage der Familie.

Wieder wechselte das Bild. Und er sah die Schulklasse. Müde nach einer Wanderung lagerten die Kinder auf dem Boden unter der Linde. Er sah die Gesichter von Herbert und Johannes, Werner und Marita, deren Namen er bei seinem Gang über dem Friedhof weit vor dem Dorf auf Kreuzen entdeckt hatte.

Und dann ein Zeitsprung. Das Bild zeigt den jungen Burschen mit einem Mädel auf der Bank, den Arm über ihre Schulter, zögernd sein Streicheln, noch unbeholfen seine Küsse.

Die harte Rinde des Baumes schmerzte in seinem Rücken. Er öffnete die Augen, die Zeit der Bilder war vorbei. Es reichte für heute. Er musste erst einmal Abstand gewinnen, und das konnte er hier in seinem Heimatdorf nicht. Er würde in einem der Nachbardörfer übernachten und morgen wiederkommen. Und dann würde er vielleicht mit Werner, Hans oder Ulla sprechen. Vielleicht nur Blabla, vielleicht auch mehr. Man würde sehen. Ein Drehbuch hierfür gab es nicht.

Petri Heil!

Ohne Frage, alles begann mit dieser Familienfeier und dem Hobbyangler an meiner linken Seite. Ein Onkel meiner Frau. »Sei nett zu ihm, danke.«

Zum Glück war der Wein gut.

Am nächsten Tag wäre die Angelscheinprüfung ein Leichtes für mich gewesen. Forellen stehen übrigens im Wasser und beißen gern am frühen Abend. Nun gut, vorbei. Dachte ich.

Doch einen Tag später waren sie da, setzen sich in meinen Gedanken fest und ließen mich nicht mehr los. Verlangten nach ihrer Geschichte:

Ein Angler, zwei Forellen und ein Regenwurm.

Wieder einen Tag später kamen dann noch zwei grüne Gummistiefel hinzu. Eine Idee von meinem Freund Manni. So nach dem dritten oder fünften Bier in unserer Stammkneipe.

Hatte ihm von dem Hobbyangler erzählt und erwartet, dass er mir die Geschichte ausreden würde.

»So ein Quatsch, wer will denn etwas von Forellen und Regenwürmern lesen, schreib es nicht, vergiss es.«

Doch es kam anders. Manni schien sehr angetan, überlegte einen Augenblick und schlug dann vor, zusätzlich die erwähnten grünen Gummistiefel einzubauen.

»Wunderschöne Exemplare, stehen seit Jahren fast unbenutzt in meinem Keller. So gut wie neu.«

Ab und zu ziehe er sie einfach mal an, damit sie wenigstens etwas getragen würden. Eines Abends habe er vergessen, sie auszuziehen und sei mit ihnen in das Schlafzimmer gekommen. Seine Frau habe ihn ganz komisch angesehen und gemeint, sie sei ja nicht prüde, aber das gehe zu weit.

Er war sich ganz sicher, die Stiefel würden gut in eine solche Geschichte passen. Er versprach, sie dann auch zu lesen.

Ein Leser, mit dem man fest rechnen kann, ist natürlich ein Argument. Aber als Freund hatte er mich doch etwas enttäuscht.

Freunde sind sowieso ein Kapitel für sich. Da scheiden sich häufig die Geister. >Wer Freunde hat, braucht keine Feinde<, kam mir so in den Sinn.

Dagegen werden sie in einem Schlager mit Diamanten verglichen, die man im heißen Wüstensand finden kann. Nun lauern in Deutschland die Wüsten nicht hinter jeder Straßenecke. Im Grunde kommen sie hier so gut wie überhaupt nicht vor. Man sagt zwar manchmal unbedacht: »Hier ist es heiß wie in der Wüste«, befindet sich dabei irgendwo im Wald, in der Wohnung oder sogar in einem Schwimmbad.

Ohne Wüste ist natürlich auch das Finden von Diamanten so gut wie ausgeschlossen. Es sei denn, irgendjemandem ist einer verloren gegangen, aber dann muss man ihn im Fundbüro abgeben und steht wieder mit leeren Händen da.

Für Menschen, die in Ländern mit Wüsten leben, sieht das natürlich ganz anders aus. Man muss sich das dann in etwa so vorstellen:

Irgendwer wandert irgendwann ganz locker durch die Sahara.

Übrigens sollte man dort wegen der Sonnenstrahlen nur mit einer Kopfbedeckung spazieren gehen. Zur Not kann man sich – dies hat mir mein Großvater einmal gezeigt – vorübergehend auch mit einem Taschentuch helfen, an dem die Enden verknotet werden. Aber Hut, Kappe oder Mütze sind natürlich wesentlich ratsamer. Papiertaschentücher sind völlig ungeeignet. Sie schützen nicht im Geringsten, und zusätzlich besteht noch Brandgefahr.

Aber zurück zu dem, der so durch die Wüste wandert. Irgendwann stößt er plötzlich mit dem Fuß gegen etwas Hartes.

›Nanu‹, denkt er, ›was ist denn das‹? Schaut nach unten, bückt sich, und dann ein Schrei: »Ein Diamant, ein Diamant!«

Gott sei Dank ist so eine Wüste überwiegend menschenleer, sodass davon ausgegangen werden kann, dass der Schrei niemandem zu Ohren gekommen ist. Diamanten sind ziemlich wertvoll und Diebe überall schnell bei der Hand.

Zu Freunden und Wüste fällt mir übrigens noch ein weiteres Sprichwort ein. ›Freunde in der Not gehen Tausend auf ein Lot‹. Keine Wüste? Gut, setzen, ein Fleißkärtchen für Aufmerksamkeit. Aber wo erstarrte Lots Frau zur Salzsäule? In einer Bergwüste!

Ich habe mir übrigens bisher nie Gedanken darüber gemacht, was aus dieser Frauen-Salzsäule geworden ist. Salz war doch damals ein durchaus wertvolles Mineral. Und wenn sie nicht mehr kochen, Geschirr spülen und sonst was konnte, womit bei einer Erstarrten ja zu rechnen ist, was dann? Ich denke, Lot wird sie auf seinen Karren geladen, mitgenommen und sie später stückchenweise als Salz ..., nein, das geht zu weit. Aber man weiß ja nie. Und die Zeiten waren hart.

Nur zur Erinnerung: Es geht nach wie vor noch immer um diese Geschichte mit dem Angler, den zwei Forellen, dem Regenwurm und den Stiefeln von Manni.

Sie ist bisher vielleicht etwas in den Hintergrund geraten, aber mit derartigen Problemen hatte ich schon in der Schule zu kämpfen. Unter meinen Aufsätzen stand nicht selten:

>Im Grunde gut, aber leider vom Thema abgewichen und deshalb nur ausreichend<.

Blumenroth hieß unsere Deutschlehrerin. Fräulein Blumenroth. Ich finde, ein schöner Name. Ist mir damals gar nicht so bewusst geworden.

Aber dieses >ausreichend< unter den Arbeiten, das mich früher so geärgert hat, sehe ich heute anders. Es wird – insbesondere von den Eltern schulpflichtiger Kinder – häufig zu Unrecht unterschätzt. Wir müssen uns in diesem Zusammenhang noch einmal kurz mit Lot beschäftigen:

Er zog mit seinem Karren, seiner Salzsäulenfrau und dem weiteren Anhang durch die Wüste. Das Wasser ging ihnen aus und kurz vor dem Verdursten, fanden sie eine kleine, ganz, ganz kleine Quelle. Lot grub ein Loch in den Sand und sagte dann: »Es ist für uns alle ausreichend.« Ausreichend!

Ein >Ausreichend<, das Leben rettete. Vergleichen wir es jetzt mit dem schulisch konkurrierenden >gut<, beispielsweise in dem Volkslied >Guter Mond, du gehst so stille<. Was hätte Lot, fast verdurstet, von dem guten Mond gehabt? Nichts!

Wobei mir grundsätzlich nicht klar ist, warum ein Mond, der, wenn er voll ist, mich nicht einschlafen lässt, überhaupt gut sein soll.

Es ist im Endeffekt doch alles relativ.

Beispielsweise sind wir nach wie vor relativ weit von dem eigentlichen Thema entfernt. Dabei ist aber noch alles im Fluss. Dieser wird auch dringend benötigt, da sich dort die Forellen aufhalten, die unser Angler fangen möchte.

Mehrmaliges Schulterklopfen, sind endlich beim Thema angelangt.

Also, der Fluss von Weiden und Pappeln umrahmt. Über die angrenzende Wiese kommt der Angler geschritten. Er trägt hohe, grüne Gummistiefel. Ein Grün, das übrigens hervorragend mit der Farbe des Grases harmoniert. Am Fluss angekommen, schaut er nachdenklich über das Wasser, schraubt dann seine Angel zusammen, holt einen Regenwurm aus einer Blechdose, in der sich früher einmal saure Bonbons befunden haben.

Die sonst eher passive Rolle des Regenwurmes wird jetzt kurz in eine aktive umgewandelt. Berechtigterweise, aber vergeblich, versucht er durch Winden, Krümmen und Drehen, dem Haken zu entgehen.

Die weiteren Ereignisse sind im Grunde kurz erzählt:

Die beiden Forellen sind bereit, sich für diese Geschichte fangen zu lassen, und unser Freund kann anschließend seine Angel auseinanderschrauben und den Weg nach Hause antreten. Das Abendessen für ihn und seine Frau ist gesichert.

Endlich einmal benötigt, quatschen die grünen Stiefel voller Freude auf dem nassen Untergrund. Nach ein paar Schritten dreht der Angler sich noch einmal kurz um und bittet mich, meinem Freund Manni ausdrücklich für die fast neuen Stiefel zu danken.

Ich finde diese Wendung durchaus überraschend. Zusätzlich erstaunt, dass er mich duzt. Muss darüber nachdenken, ob dies zwischen der Figur einer Geschichte und dem Autor so einfach hingenommen werden kann. Verspreche jedenfalls, Manni seinen Dank auszurichten, drehe mich um und gehe in die andere Richtung.

Wenn er ernsthaft Kontakt mit mir hätte aufnehmen wollen, wäre eine Forelle mehr und eine Einladung zum Abendessen das Richtige gewesen.

Meine Schuhe quatschen beim Gehen übrigens nicht. Aber genau genommen komme ich in dieser Geschichte über einen Angler, zwei Forellen, einen Regenwurm und zwei grüne Gummistiefel auch nicht vor.

Rumläuper

Nur ein paar Fotos von dem Heute, Erinnerungen an das Damals sollten es werden. Festgehalten auf Kodak 10x15 glänzend. Auch vom Rumläuper. Vor einer Ewigkeit in dem kleinen Dorf im Sauerland Spielplatz, Freibad mit Liegewiese und Hafen für unser selbst gebautes Floß. Damals, als wir noch Kinder und Sommer noch Sommer waren.

Rumläuper, eigentlich mit einem Wort alles gesagt. Das Wasser des Flusses drehte sich hier im Kreis. War zunächst am rechten Ufer, zog dann vor einer Sandbank zum linken Ufer, stieg ein Stück zurück, um dann rechts wieder den Anschluss zu finden. Rumläufer, und das immer wieder. Ab und zu unterbrochen von dem dumpfen Gurgeln eines Strudels, der in der Tiefe verschwand. Denn tief war der Rumläuper. Der kreisende Fluss hatte den Boden ausgehöhlt und am linken Ufer eine Sand- und Kiesbank angeschwemmt, die zusätzlich das Wasser staute.

Schon lange vor der Zeit, als wir noch Kinder und Sommer noch Sommer waren.

Hier hatten wir schwimmen gelernt, einige tatsächlich, andere mit einem Fuß auf dem Boden. Mit dem Floß stakten wir kreuz und quer über den Rumläuper und manchmal auch ein paar Meter weiter. In seiner Tiefe fühlten sich Forellen und Eschen sicher. Bis sie gefangen wurden. Auch von uns.

Damals, als wir noch Kinder waren und auch ein wenig über diese Zeit hinaus.

In meinen Kinder-Abenteuer-Träumen segelte ich manchmal mit dem Floß zur Ruhr, dem Rhein und weiter zum Meer. Auf den Spuren von Christopher Kolumbus, vorbei an Feldern und Wiesen, Dörfern und Städten. Auf breitem Strom tanzte das Floß über auslaufende Bugwellen großer Schiffe. Das Meer habe ich nie erreicht, schlief Gott sei Dank immer vorher ein. Damals, als noch Indianer- und Seefahrerträume in Kinderherzen wuchsen und der Rumläuper noch Rumläufer war.

Überquerte die Brücke, einige Meter weiter stand Manfred vor seiner Haustür, die Hände tief in beide Hosentaschen vergraben. »Fotos vom Rumläuper? Kannste vergessen. Lohnt sich nicht mehr. Der Rumläuper hat sich schwer verändert. Wirst du schon sehen.« Es klang ein wenig abfällig, leicht durchsetzt mit einer Spur Bedauern.

Kaum 100 Meter zum Fluss. Erst die Straße, danach die Wiese. Zunächst versperrten noch Büsche und Bäume den Blick und dann sah ich, was Manfred gemeint hatte. Die Ufer verändert, der Fluss schmaler geworden. Sand- und Kiesbank nahezu verschwunden. Und das Entscheidende: Der Rumläuper kreiste nicht mehr. Das Wasser des Flusses verhielt sich so, wie man es erwarten konnte, es floss einfach bergab, kam links in den ehemaligen Rumläufer hinein, kräuselte sich fast alibimäßig etwas nach rechts, um dann weiter zu ziehen.

Wartete vergeblich auf glucksende Strudel. Ein Bruchstück Kindheit verschwunden. Mehr ungewollt ein Grinsen auf meinem Gesicht. Man müsste ihm jetzt seinen Namen entziehen: »Und du bist nicht mehr würdig, den Namen Rumläuper zu tragen.« Aber dann fiel mir ein, dass ein Apfelbaum

Apfelbaum bleibt, auch wenn er nicht einen Apfel mehr trägt. Und das Eichhölzchen würde für mich Eichhölzchen sein, selbst wenn dort längst Fichten wachsen.

Der ehemalige Rumläufer im Objektiv, ein Klicken, eine Aufnahme von dem Heute. Ein gleichgültiger Blick zurück, mein Rumläuper war das nicht mehr. Das Damals hatte ich in mir, das Jetzt schon fast vergessen, als ich die Straße erreichte.

Manfred wartete natürlich noch. »Du hast recht, der Rumläuper hat sich schwer verändert.«

»Genau wie wir«, meinte Manfred. Immer noch die Hände tief in den Hosentaschen, legte er seinen Kopf etwas schief und grinste mich an. »Genau wie wir«, bestätigte ich. Ein Händedruck. »Mach es gut.« »Bis zum nächsten Mal.«

Hans-Hermann

Winterurlaub in Tirol. Ski, Après-Ski und eine Forelle, zunächst im Bach, dann auf einem Teller und jetzt in meinem Kopf. Alteingesessener Tiroler Forellenadel verlangt beharrlich nach einer Geschichte. Alteingesessen vielleicht nicht ganz zutreffend, aber >alteingeschwommen< geht ja wohl auch nicht.

So eine Mensch-Fisch- oder Fisch-Mensch-Beziehungs-story. Richtung >Der alte Mann und das Meer<. Natürlich nicht zu vergleichen, nur so die Richtung, untermauern, dass zwischen Mensch und Fisch mehr ist als fangen, zubereiten, essen.

Erinnern wir uns an den alt-testamentarischen Jonas, von einem Fisch verschluckt und wieder freigegeben, die neutes-tamentarische wunderbare Fischvermehrung mit dem Essen für Tausende und natürlich Wunderdelfin Flipper. Nur ein paar Beispiele – und dazu jetzt eine Tiroler Bachforelle.

Entdeckte dieses Bratpfannenhighlight am zweiten Urlaubs-tag so zwei bis drei Meter unterhalb der Brücke, die über den Bach zur Speisegaststätte führte. Ein paar Obstler, vielleicht einer zu viel, veranlassten meine Gattin und mich bereits auf dem Rückweg, das Anonyme zwischen Forelle und uns auf-zuheben, die Namenlosigkeit zwischen uns zu beenden.

Hermann, ihr Vorschlag. Ich war für Hans, Reminiszenz an meinen Freund aus Jugendtagen. Ebenfalls gut im Futter, außerdem ein ausgezeichneter Schwimmer. Wer Hermann war oder ist, weiß ich bis heute nicht.

Das Leben besteht aus Kompromissen, und so einigten wir uns auf Hans-Hermann.

Auf die von meiner Gattin gewünschte Taufe mussten wir – auch zu meinem Bedauern – unter Berücksichtigung der Gesamtumstände verzichten. Ziemlich problematisch, einer Forelle im Bach Wasser über den Kopf zu schütten.

In der folgenden Zeit fanden wir Hans-Hermann immer an seinem Platz. Bereits ab dem vierten Tag begrüßte er uns mit deutlich verstärktem Schwanzwedeln. Unbeobachtet reagierten wir mit offenem, ansonsten mit dezent verstecktem Zurückwinken. So entwickelte sich mit der Zeit – überwiegend Obstler unterstützt – eine deutliche Vertrautheit zwischen Mensch und Tier.

Am Ende der ersten Woche, es war besonders spät geworden und außer uns niemand mehr unterwegs, versuchten wir mit Hans-Hermann ins Gespräch zu kommen. Begannen mit dem üblichen ›Hallo‹, riefen ihn dann – leider erfolglos – bei seinem Namen. Blieb – zumindest noch zu diesem Zeitpunkt – stumm wie ein Fisch im Wasser.

Hoffnungsvoll gönnten wir ihm dann Abend für Abend ein paar freundliche Worte und unterließen es auch nicht, ihm jeweils beim Abschied eine gute Nacht zu wünschen.

Wahrscheinlich obstlerbedingte Magenprobleme meiner Gattin führten dann dazu, dass ich Hans-Hermann eines Abends allein gegenüberstand. Der Hinweg normal, verstärktes Schwanzwedeln, verstecktes Zurückwinken. Auf dem Rückweg – ich hielt gerade geistesgegenwärtig, bevor es zu Boden fallen konnte, das schwankende Brückengeländer fest – erreichte mich leicht gurgelnd aus dem Wasser aufsteigend eine Stimme.

Solle nicht erschrecken, er, Hans-Hermann, der Name gefalle ihm übrigens recht gut, sei froh, einmal mit mir allein so von Mann zu Mann reden zu können.

An diesem Punkt der Geschichte mag der eine oder andere bedenklich die Stirn runzeln und den Kopf schütteln. Kann nur noch einmal beteuern, dass die Erzählung nach bestem Wissen und Gewissen erfolgt. Sollte vielleicht anmerken, dass ohne die Kontrolle meiner Gattin an diesem Abend außergewöhnlich viele Williams ihren Weg gesucht und gefunden hatten.

Einem Gott sei Dank nicht vorhandenem Betrachter hätte sich folgendes Bild geboten: Ein gut aussehender Mann reiferen Alters hält nachts so gegen eins ein schwankendes Brückengeländer fest und spricht dabei in Richtung eines ruhig dahinfließenden Baches.

Hans-Hermann offenbarte mir, dass er seit Tagen eine junge Forelle verehre, ihr Bild fest in seinem Herzen trage und immer wieder darüber nachdenke, wie er ihr näher kommen und sie irgendwie beeindrucken könne. Eingefallen sei ihm, wie ausgesprochen cool Zigaretten rauchende Menschen auf Fische wirken. Er habe vor ein paar Wochen auf der Brücke einen jungen Mann mit Zigarette beobachtet. So ab und zu ein tiefer Zug, dann die Asche mit dem Zeigefinger, das sei echt männlich gewesen. Würde bei seiner Forelle bestimmt Eindruck hinterlassen, wenn er mit einer Zigarette im Maul an ihr vorbei schwimmen würde. Garantiert megacool.

Nur zur Erinnerung: Es waren einige Williams.

Wechsele jetzt vorübergehend zur Steigerung der Dramatik zum Präsens. Es ist immer noch dieselbe Nacht so gegen eins und das Brückengeländer hat sich nach wie vor nicht beruhigt. Hans-Hermann hat sich in der Zwischenzeit verdoppelt, nehme an, dass es sich um den Zwillingsbruder handelt. Noch namenlos, begrüße ich ihn lediglich mit einem freundlichen ›Hallo‹.

Wende mich an beide und mache darauf aufmerksam, dass Zigarette unter Wasser nicht geht. Hans-Hermann unterbreitet mir zunächst interessanterweise den Vorschlag, ein Auge zu schließen, damit sein Bruder wieder schlafen gehen könne. Schlafen **gehen** bei einem Fisch natürlich unzutreffend, dafür bin ich jetzt einäugig und Hans-Hermann ist wieder allein.

Das Problem Zigarette unter Wasser sei ihm durchaus bewusst. Er habe die letzten Tage fleißig trainiert und fühle sich in der Lage, eine gute Strecke mit der Zigarette oberhalb der Wasserfläche zurückzulegen.

Reagiere zu diesem Zeitpunkt völlig falsch, aber so etwas von falsch.

Anstatt ihm klar zu machen, Zigarette im Wasser völliger Unsinn und damit basta, glaube ich fischaufklärend die gesundheitlichen Gefahren des Rauchens insbesondere im Atemwegsbereich näher bringen zu müssen. Das hohe Risiko auf jeder Packung nachlesbar, Todesgefahr inklusive.

Hans-Hermann bedankt sich. Findet meine Fürsorge lobenswert, weist dann aber darauf hin, dass Mensch und Fisch sich evolutionär besonders im Atemwegsbereich doch recht unterschiedlich entwickelt haben.

Ob ich vielleicht im Zusammenhang mit dem Rauchen schon mal etwas von Kiemenerkrankungen gehört oder auf den Zigarettenpackungen einen Gefahrenhinweis für Fische gelesen habe.

Muss beides ehrlicherweise verneinen, bleibe aber mit dem Hinweis auf den negativen Einfluss des Rauchens für den gesamten Organismus grundsätzlich bei meiner Argumentationslinie. Erläutere in dem Zusammenhang die sogenannte Schaufensterkrankheit mit ihren durchblutungsbedingten Beinbeschwerden.

Irgendwo schlägt eine Turmuhr. Weiß schon, dass nirgendwo in der Umgebung ein Turm, dessen Uhr schlagen könnte, steht. Aber ich finde den Satz für sich gut, gehört einfach in jede Nachtgeschichte. Fehlt jetzt nur noch der Schrei eines Käuzchens.

Das Brückengeländer gewinnt indes langsam an Stabilität.

Hans-Hermann zeigt sich gewillt, die Gefahr der Schaufenstererkrankung zu vernachlässigen, da – soweit ihm bekannt – Schaufenster in Lebensbereichen von Forellen in absehbarer Zeit nicht zu erwarten seien.

Zugegebenermaßen jetzt etwas sauer, lehne ich wegen seiner Uneinsichtigkeit jede weitere Diskussion ab. Kann mich Gott sei Dank jetzt auch verabschieden, da das Brückengeländer festen Halt gefunden hat. Beende mit der Verabschiedung konsequenterweise auch Präsens.

Am nächsten Tag ging es mir erwartungsgemäß nicht gut, dann abends ein zusätzlicher Schock. Hans-Hermann nicht an seinem Platz. Fragte mich, ob ich am Vorabend vielleicht zu schroff reagiert hatte. Doch es war im wahrsten Sinne des Wortes augenscheinlich viel, viel schlimmer. Das Angebot des Tages auf der Speisekarte ließ uns schon Böses erahnen. Frisch geschlagene Forellen in allen Variationen. Und auf einzelnen Tellern Exemplare, deren Ausmaße durchaus an Hans-Hermann erinnerten. Konnten uns das nicht ansehen. Wechselten sofort das Lokal.

Bis zum Ende unseres Urlaubs waren es nur noch wenige Tage. Natürlich suchten wir weiterhin regelmäßig seinen Stammplatz auf, riefen seinen Namen, warfen Reste von Frühstücksbrötchen ins Wasser. Nahmen dabei auch keine Rücksicht auf die Anwesenheit anderer Menschen, befremdete Blicke störten uns nicht. Doch Hans-Hermann blieb verschwunden.

An unserem letzten Urlaubstag warfen wir an seinem Stammplatz eine Zigarette ins Wasser und dann war der Urlaub vorbei. Doch die Hoffnung lebt in uns. Haben für das nächste Jahr bereits fest gebucht. Vielleicht sehen wir Hans-Hermann doch noch einmal. Oder zumindest seinen Bruder, den ich ja bereits kennenlernen durfte. Könnte dann gern in seine Fußstapfen treten. Forelle und Fußstapfen, eine Formulierung, die im Endeffekt nicht wirklich durchdacht erscheint.

In dieser Nacht lächelte mir Hans-Hermann mit einer brennenden Zigarette aus einem Schaufenster zu. Weckte sofort meine Gattin, um ihr von dem Traum zu berichten. Sie schaute mich irgendwie unlieb an und meinte, es sei vielleicht doch ganz gut, dass es morgen nach Hause gehe und damit mit den Williams Schluss sei.

Die Fliege

*E*in paar Tage Urlaub in Thüringen. Trübes Wetter, lag auf dem Hotelbett, das geöffnete Buch zeltartig auf dem Bauch abgelegt, die Augen fast geschlossen.

Meine Gattin ordnete derweil im Bad irgendwelche Sachen ein oder aus oder aus oder ein oder so.

Öffnete desinteressiert das rechte Auge, durchaus gewillt, es alsbald wieder zu schließen.

Noch ein paar träge Gedanken über die auch in unserer Ehe deutlich zutage tretenden Unterschiede zwischen Mann und Frau, so ordnungsmäßig gesehen. Muss noch mit der Sammler- und Jägerzeit zusammenhängen, gibt Schlimmeres.

Plätscherten in ruhigen Gewässern dahin meine Gedanken, verliefen sich langsam, ein gedeihlicher Schlaf nur noch eine Frage der Zeit. Doch da entdeckte mein Auge auf der Bettdecke direkt neben meinem rechten Knie eine Fliege in scheinbar sinnlosem Hin und Her.

Umgehend wieder ganz wach. Ich, die Fliege sowieso, während meine Gattin nichts ahnend weiter ordnete. Ab sofort war an Schlaf nicht mehr zu denken, denn Fliegen lieben Menschen, die so still, Kraft schöpfend, vor sich hin ruhen.

Der Jäger in mir handelte sofort. Meine Frau musste aktiviert werden, ohne die Fliege zu verscheuchen.

Nun wusste ich über das Hörvermögen von Fliegen recht

wenig, um ehrlich zu sein, eigentlich nichts. Werden sie durch laute Stimmen gestört, gar verscheucht? Daher zunächst recht leise in Richtung geöffneter Badtür: »Hier ist eine Fliege.«

Die sich anschließende Reaktion durchaus nachvollziehbar: »Hast du etwas gesagt?«

Wiederum ich, nur etwas lauter: »Hier ist eine Fliege.«

Danach eine ausgesprochene Blutdruckfrage: »Eine Fliege? Was für eine Fliege?«

Jetzt normale Lautstärke mit leicht gereiztem Unterton: »Eine gemeine Stubenfliege.«

Wiederum absolut nicht weiterführend: »Ich hab keine Fliege gesehen. Wo ist sie denn?«

Ich zutreffend: »Auf meinem Bett.«

Völlig desinteressiert: »Dann jag sie doch fort.«

Diese total unbefriedigende Antwort macht einen weiteren geschlechtsspezifischen Unterschied nur allzu deutlich. Für meine Gattin lediglich der Ist-Zustand, das Jetzt, interessant. Ich, der Mann, bezog bereits zukünftige Belästigungen in Überlegungen mit ein. Suchte eine generelle Lösung.

Frauen, Hüter des Feuers, nicht mehr, aber auch nicht weniger. Kuckucksuhren statt Mondraketen.

Meine folgende, vielleicht etwas unglücklich formulierte Frage vorausschauend in die Zukunft gerichtet: »Und was ist, wenn du schläfst?«

»Wenn ich schlafe, dann schlafe ich, das solltest du eigentlich wissen.« Eine Antwort für Feinschmecker: »Wenn ich schlafe, dann schlafe ich.«

Schloss einen Augenblick gequält die Augen. Warf dann einen sichernden Blick nach rechts unten. Dort hatte sich nichts verändert. Die Fliege wanderte nach wie vor hin und her und her und hin.

Nahm zielorientiert das Gespräch mit meiner Gattin wieder auf: »Und was ist nachts mit der Fliege?«

Sie schien jetzt das Problem verstanden zu haben: »Nachts sind die doch sowieso immer bei dir.«

Konnte zu diesem Zeitpunkt auf das Hörvermögen von Fliegen keine Rücksicht mehr nehmen: »Könntest du bitte eine Zeitschrift oder Derartiges in die Hand nehmen, damit herkommen und dann zuschlagen.«

Dumpf aus der Tiefe des Bades: »Warum machst du das nicht selbst?«

»Weil die Fliege fort ist, wenn ich mich bewege, und ich müsste mich bewegen, wenn ich selbst zuschlage. Hast du das verstanden?«

Feuerbewahrer, auf keinen Fall mehr als Feuerbewahrer. Kuckucksuhr.

Hatte sie wohl überzeugt, erschien in der Tür des Bades, nahm eine Zeitschrift vom Tisch, rollte sie zusammen und schlich auf Zehenspitzen langsam an den gewollten Tatort heran.

Machte sie darauf aufmerksam, dass sie ohne Weiteres ganz normal auftreten könne, erhielt die Anweisung, mich ruhig und still zu verhalten.

Irgendwelche Bedenken im Hinblick auf einen hässlichen Fliegenleiche-Bettdeckenfleck waren zu diesem Zeitpunkt völlig unangebracht. Aus Erfahrung weiß ich, dass die Fliege den ersten zaghaften Schlag ganz sicher überleben wird, es geht zunächst nur darum, die Jagd zu eröffnen.

Aber wenn meine Frau erst einmal auf der Pirsch ist, dann Ade gemeine Stubenfliege. Sie ist Unordnung, die geordnet werden muss.

Zusammengefasst würde sich die Situation für einen Außenbetrachter jetzt folgendermaßen dargestellt haben: meine Gattin mit zusammengerollter Zeitschrift und erhobener Hand vor dem Bett, auf dem ich mit aufgeschlagener Seite 38/39 eines Buches, dessen Titel ich nicht erwähnen möchte, unbeweglich liege. Rechts unten in Höhe meines Knies nach wie vor die Fliege. Dieses Bild veränderte sich zunächst nicht, sodass ich mich zu der Frage veranlasst sah: »Warum schlägst du nicht zu?«

Die Antwort durchaus überraschend, die Fliege sei so sehr in meiner Nähe, dass ich bei einem Schlag unweigerlich mit getroffen würde.

Fragte, wo sie das Problem sehe, ich sei es doch nur.

Sie habe mich nur darauf aufmerksam machen wollen.

Bedankte mich und bat um den Schlag.

Dieser traf dann erwartungsgemäß mein Knie. Gott sei Dank, endlich konnte die Jagd beginnen.

Meine Gattin auf der Pirsch, der neue Aufenthaltsort der Fliege musste ermittelt werden. Ich unterstütze sie, soweit dies meine liegende Stellung zuließ.

Entdeckte einen dunklen Punkt an der Zimmerdecke, meine Frau bestätigte: »Das ist sie!«

Diesen Augenausdruck kannte ich, gab keinen Pfifferling mehr für die Fliege.

Die mir Angetraute stieg jetzt auf das Bett, ihr fehlten ca. 5–7 cm.

»Könnte der gnädige Herr sich vielleicht einmal erheben?«

Gott sei Dank war die Fliege schon weiter gezogen, hatte wahrscheinlich die Gefährlichkeit der Situation für sie und mich erkannt, saß jetzt an der Wand. Meine Frau näherte, die Fliege entfernte sich, entdeckte sie auf dem Vorhang. Mein Gott, habe ich noch gute Augen.

Der Schlag, der Vorhang bewegte sich Staub freisetzend deutlich, die Fliege saß wieder auf dem Bett, diesmal direkt neben mir. Kenne meine Frau und schwieg, jetzt eine kritische Stellungnahme und der Tag war gelaufen.

Machte auf den neuen Aufenthaltsort aufmerksam, indem ich den Zeigefinger langsam richtungsweisend anhob und dies mit einem >da ist sie< absicherte. Die Augen zusammengekniffen, den Schlagarm erhoben schlich sie heran, schlug zu und die Fliege wurde ihrem Namen gerecht.

Und dann die Stunde des Jägers. Übermut tut selten gut, die Fliege saß auf meinem rechten Oberschenkel. Ich rief meiner Frau, die sich mit erhobenem Arm näherte, ein gebieterisches Halt zu, beugte die Finger der rechten Hand, offene Krallenstellung, ließ sie blitzschnell nach vorn zucken und verschloss sie. Was Hänschen gelernt, verlernt Hans nimmermehr. Verließ voller Würde das Bett, öffnete mit der Linken das Fenster, streckte den rechten Arm hinaus, den Daumen nach oben gerichtet öffnete ich die Hand, schenkt meinem Gegner die Freiheit.

Erwartete zumindest eine Streicheleinheit, doch zu hören bekam ich von Kuckucksuhr und Feuerbewahrerin: »Warum hast du das nicht sofort so gemacht? Aber nein, der gnädige Herr bleibt erst einmal liegen und lässt mich antanzen. Hab ja sonst nichts zu tun.«

Lieber Gott, musste das mit der Rippe denn wirklich sein? Selbstbestäuber, hab mal gelesen es soll auch Selbstbestäuber geben. Aber wer hütet dann das Feuer, wenn wir auf Fliegenjagd sind?

Ein kleines Glück

Mühsam hatte er seinen schweren Großvater-Sessel vor das Fenster gerückt, konnte jetzt zumindest die Straße und die dahinter liegenden Häuser sehen, über denen ein seit Tagen grauer Nieselregen lag, der die Stimmung der Menschen drückte.

Besonders spannend war dies ›Aus dem Fenster sehen‹ natürlich auch nicht. Ab und zu durcheilte ein Regenschirmmensch sein Blickfeld, verschwand schnell wieder, und das war es dann. Aber laut Wetterbericht sollte es Gott sei Dank morgen besser werden.

Horchte immer mal wieder zur Treppe, während er hinausschaute und dann hörte er sie, die erhofften tapsenden Schritte. Ein Lächeln auf seinem Gesicht. Seine kleine Enkelin gab sich die Ehre. Stufe für Stufe, noch eine kleine Verschnaufpause, dann öffnete sich langsam die Tür.

»Guten Morgen, Opa. Was meinst du, kommt die Sonne überhaupt nicht mehr wieder? Ich würde so gerne draußen spielen.«

»Guten Morgen, Lisa. Gestern hab ich mit ihr gesprochen. Sie hat zugesagt, ab morgen wieder zu scheinen.«

Hoffentlich behielt der Wetterbericht recht.

»Das ist toll, warum hast du nicht früher mit ihr geredet?«

»Früher wollte sie mir nicht zuhören, weißt du, die Sonne

ist manchmal wie ein kleines Kind, das einfach nicht hören will.«

Damit war das Thema erledigt.

Ein tiefer Seufzer: »Opa, ich muss dir etwas sagen.« Lisa war näher gekommen, lehnte sich jetzt an sein rechtes Bein.

»Ist ganz, ganz schlimm. Opa ich glaube, ich habe Mama lieber als Papa.«

Er musste ein Lächeln unterdrücken, hatte gestern Abend mitbekommen, wie sein Sohn laut mit Lisa geschimpft hatte.

Hob sie auf seine Knie.

»Weißt du, Lisa, das ist überhaupt nicht schlimm. Das geht fast jedem Kind so. Wenn du willst, kann ich dir dazu eine Geschichte erzählen.«

»Oh ja Opa, eine Geschichte, ich mag Geschichten.«

Er zog sie etwas näher zu sich heran, legte beide Arme um sie und begann.

»Weißt du, damals, als ich klein war, ungefähr so alt wie du heute, da hatte ich auch manchmal Mama und manchmal Papa lieber. Ich fand das schlimm und hab mit meiner Oma darüber gesprochen, und die hat mir einen ganz tollen Tipp gegeben.«

»Kannst du mir den Tipp verraten, Opa?«

»Natürlich! Habe damals von meiner Oma zwei große Einmachgläser bekommen. Ich sollte ein Glas blau und eines rot anstreichen. Das Rote für meine Mutter und das Blaue für den Vater, und immer, wenn ich einen von den beiden besonders lieb haben würde, ein Bonbon in das richtige Glas werfen.«

»Und wenn du mal beide zusammen ganz toll lieb gehabt hast?«

»Dann hab ich in jedes Glas ein Bonbon geworfen.«

»Und wie ging es weiter, Opa?«

»Als ich älter geworden war, so mit 6 oder 7 Jahren, da hab ich dann beide Gläser leer gemacht und die Bonbons gezählt. Und du wirst es nicht glauben, zwischen den beiden Gläsern war kein großer Unterschied. Da wusste ich, dass ich die beiden gleich lieb hatte.«

Lisa interessierte zunächst etwas anderes.

»Und was hast du mit den vielen Bonbons gemacht, Opa?»

»Die haben wir so nach und nach gelutscht, und ich glaube, ich habe die meisten bekommen.«

Lisa rutschte von seinen Knien. »Wo willst du denn hin?«

»Na, Gläser blau und rot malen und Bonbons kaufen.

Vor der Tür blieb sie noch einmal stehen. »Opa, ich nehme noch ein Glas dazu, ich habe dich nämlich auch oft sehr lieb. Welche Farbe möchtest du haben?«

Er musste kurz schlucken.

»Ich glaube grün, ja grün würde mir gut gefallen.« Die Tür, Lisa war verschwunden.

Niemand, nicht einmal er selbst würde jemals dieses warme Lächeln auf seinem Gesicht sehen.

›Hoffentlich nimmt sie keine Karamellbonbons, das macht mein Gebiss nicht mit‹, dachte er, als er sich wieder dem Grau hinter dem Fenster zuwandte.

Aber morgen sollte ja die Sonne scheinen.

Nachbarn

*E*in schöner Friedhof, sagt man. Der Friedhof, auf dem wir unsere Mutter begraben haben. Friedhof und schön? Tod und Abschied für immer schön?

Kreuze, Grabsteine, gepflegter Rasen, dazwischen Wege und immer wieder bunte Blumen. Nur leicht bewegt heute der Wind die Blätter in den mächtigen Gipfeln der uralten Buchen und Eichen. Wächter des Friedens auf dem Hof zur Ewigkeit. Was immer das auch sein mag.

>Ein schöner Friedhof, Mama!<

Gewollt verwittert der Grabstein, Blumen und Buchsbaum, ein Streifen Gras als Übergang zum Nachbargrab, dem Grab mit dem ausländischen Namen.

»Wollte eigentlich auf dem kleinen Friedhof meines Heimatortes im Sauerland beerdigt werden. Die Anhöhe mit dem Blick zum Dorf. Mein Platz für die Ewigkeit. In der Nähe der Eltern. Habe die letzten Jahre bei meinem Sohn gelebt, und nun liege ich auf dem Friedhof dieser Stadt. Meine Nachbarn Unbekannte, Fremde. Auch ein Ausländer darunter.«

»Ausländer, trotz deutschem Pass war ich immer der Ausländer in diesem Land, bin es auch hier auf dem Friedhof. Als Kind bin ich oft mit meiner Baka auf den Friedhof in meiner

Heimat gegangen. >Deda besuchen<, hat sie gesagt. >Ist so früh gestorben.<

>Irgendwann werden wir auch hier sein. Erst ich, du hast noch viele, viele Jahre<, hat Baka gesagt. Tage kamen und gingen, die Zeit fraß meine Jahre und jetzt liege ich hier auf dem Friedhof einer deutschen Stadt. Meine Nachbarn Unbekannte, Fremde, und die Gräber von Baka und Deda viele hundert Kilometer entfernt.«

»Ausgerechnet unsere Oma mit einem Ausländer als Nachbarn. Gut, dass sie das vorher nicht gewusst hat.«

»Meine Enkelin. Lächelte dabei. Sie kannte meine Einstellung gegenüber Ausländern, hab nie ein Hehl daraus gemacht. Ein Produkt meiner Zeit, geboren 1905. Toleranz gegenüber dem Fremden war nie Unterrichtsfach.

Zigeuner zogen durch unser Dorf. Kinder und Wäsche ins Haus, die Türen verschlossen. Kleines Mädchen mit Zöpfen hörte, glaubte, speicherte.

Heil dir im Siegerkranz. Kaiserzeit! Von Gottes Gnaden. Zopfmädchen war Schwamm, hörte, glaubte, speicherte. Der Weltkrieg, die verratene Armee, und der Kaiser hackte Holz in Holland, ohne Siegerkranz. Man sagte, Ausländer hätten uns den Krieg aufgezwungen und dann seine, unsere Welt zerstört. Waren danach auch für die Weltwirtschaftskrise, für das Elend in den Städten verantwortlich. Zopfmädchen speicherte jahrelang, auch dann noch, als sie längst Bubikopffrau war.

Deutschland, Deutschland über alles, das Reich der tausend Jahre, Tag für Tag Volksempfänger-Ausländerhass. Bubikopffrau war längst verheiratet, wurde Mutter, der erste Sohn. Ein paar Jahre später der zweite Sohn. Sein Schreien gegen die Radiostim-

men von Goebbels oder dem Führer. Bubikopfmutter glaubte die-
sen Stimmen, glaubte ihnen fast bis zum letzten Gefecht.

Nicht Zigeuner, Sieger waren in unserem Dorf.

Amerikanische Soldaten, die ersten Ausländer, die Bubikopf-
mutter zu Gesicht bekam. Farbige und weiße Stahlhelmgesich-
ter vertrieben sie mit den Söhnen aus der Wohnung. Wehe den
Besiegten.

Schwamm konnte und wollte nichts mehr aufnehmen, reichte
für immer. Jahr für Jahr geglaubt und gespeichert, Stein für Stein
die Ausländermauer aufgebaut. >Made in Germany< Qualität
für ein ganzes Leben, Abbruch ausgeschlossen.«

»Machte Baka 1935 zur Großmutter. Ein kleines Dorf, in
dem ich aufgewachsen bin. War eine schöne Zeit. Mit anderen Kindern spielen, im Sommer baden. War warm in meiner
Heimat.

Baka hat mir erzählt, dass immer Fremde unser Land re-
giert haben. Erst ein Kaiser und dann ein König. Kaiser und
Könige gehen, unsere Heimat bleibt, hat Baka gesagt.

Weiß von dem Weltkrieg nicht viel, war noch zu jung.
Gottseidank zu jung. Muss in unserem Land ganz schlimm
gewesen sein. Haben sogar gegeneinander gekämpft. Viele
Menschen sind getötet worden. Nach dem Krieg waren wir
dann Kommunisten. Baka wusste nicht, was das bedeutete,
meinte nur, alles sei noch schlechter geworden.

Arbeitete, als ich älter wurde, auf unserem kleinen Hof.
Zum Leben zu wenig, zum Sterben zu viel für Vater, Mutter,
meine Schwester, Baka und mich. Hatte keine Perspektive,
ohne jede Zukunft.

Hörte von Deutschland, Arbeit auch für Ausländer. Hab
einem Verwandten, der schon dort war, um Rat gefragt, und

eines Tages war ich in dieser Stadt, hatte Arbeit, verdiente Geld. Der Abschied war schlimm, mag nicht darüber reden. Bevor ich ging, hat Baka mit dem Daumen ein Kreuz auf meine Stirn gezeichnet, ist nie Kommunistin geworden.

Ein paar Jahre arbeiten, Geld sparen. Dann wieder nach Hause, Land kaufen oder pachten. Mal sehen. Aber auf keinen Fall in Deutschland bleiben. Fremde Menschen in einer fremden Welt, einem kalten Land. Anfangs half der Verwandte, wir trafen Landsleute. Ab und zu unsere Sprache hören, über die Heimat reden, unsere Lieder singen. Waren schwer, die ersten Jahre. Heimweh und kalter Wind stritten manchmal um die Tränen in meinen Augen.«

»*Wirtschaftswunderland, ging mit uns, mit Deutschland aufwärts. Und mit dem Aufschwung kamen die ersten Fremdarbeiter. Auch zu uns. Arbeiteten in der Textilfabrik der Kreisstadt. Fremdarbeiter bald überall in Deutschland. >Wir brauchen sie<, sagten die da oben. >Nur für ein paar Jahre, dann fahren sie wieder nach Hause<, sagten die da oben. Bubikopffrau mit grauen Haaren hat es gehört, war nicht mehr Schwamm, hat ihnen nicht geglaubt.*

Zunächst kamen nur wenige. Niemand wollte etwas mit ihnen zu tun haben. Ich auch nicht. Kinder und Wäsche ins Haus, die Türen verschlossen. Ausländer waren in unserem Dorf. >Sollen wieder nach Hause fahren. Wir wollen sie bei uns nicht haben.< Ausländermauer. Made in Germany."

»Arbeitete zunächst im Tiefbau, später in einer Fabrik. Immer wieder Probleme mit deutschen Kollegen. Geh nach Hause, wir wollen dich hier nicht. Hab mich nicht daran gestört. Weiter meine Arbeit gemacht. Wirtschaftswunder wurde kleiner, gab weniger Arbeit, die Ersten wurden entlassen. Deutsche und Ausländer. Ich nicht.

Einmal im Jahr Urlaub zu Hause. Drei Wochen bei Baka und den Eltern. Verwandte kamen. Haben gegessen, getrunken und erzählt. Ich von Deutschland und sie von zu Hause. Bis tief in die Nacht. Baka saß immer neben mir, ist manchmal eingeschlafen. Schlimm der Abschied, hab gesagt, der Wind sei schuld. Haben alle genickt, hatten auch mit dem Wind Probleme. Wäre so gern bei Ihnen geblieben.«

»Und es kamen immer mehr. Auch zu uns. Konkurrenten für unsere deutschen Arbeiter. Die Fremden waren billiger, arbeiteten länger und mehr. Löhne müssen sinken. Arbeiter gegen Arbeiter. War es das, was die da oben gewollt hatten? Mein Neffe wurde entlassen. Arbeitslos. Gab den Fremden die Schuld. Traf abends im Gasthof Gleichgesinnte. Stammtische hatten wieder Parolen. Deutschland den Deutschen. Die Braunen bekamen Zulauf. ›Die sagen wenigstens die Wahrheit‹, glaubte mein Neffe. Schon wieder begannen Deutsche, zu glauben.

Schlägereien nicht nur zwischen Springerstiefeln und Ausländern, auch bei uns. Fast immer, wenn gefeiert und dabei Alkohol getrunken wurde. Verletzte auf beiden Seiten. ›Sollen die Finger von unserer Arbeit, von unseren Frauen lassen, sollen abhauen‹, sagte mein Neffe. ›Halt dich daraus, die haben Messer‹, hab ich ihn gewarnt. Hatte Angst um ihn, im Grunde ein guter Junge, aber jähzornig.«

»Gab häufig Streit zwischen Ausländern und Deutschen. Manchmal auch Schlägerei. Hab mich da rausgehalten. Meine Arbeit gemacht. Auf die Deutschen geschimpft, wenn ich mich mit Landsleuten getroffen habe. Waren unglücklich wie ich. Keinen Boden unter den Füßen. Viele wären gern wieder nach Hause gefahren. Aber wo war für uns zu Hause?

Dann starb Baka. Bekam keinen Urlaub, war trotzdem bei ihr. Fühlte meine Kinderhand in ihren rauen Handfurchen, ihr Daumen-Kreuz auf meiner Stirn. Diesmal war es nicht der Wind, nicht das Heimweh. Wieder ein Stück Zuhause weniger.

Lernte eine deutsche Frau kennen. Wollte mit einem Ausländer nicht ausgehen. Wegen ihrer Familie. Irgendwann doch heimlich getroffen. Ein Jahr später geheiratet, ohne ihre Familie. Hat oft geweint. Konnte nicht nach Hause. Als unser Sohn da war, wurde es besser. Familie hat sie wieder aufgenommen. Nach und nach auch mich akzeptiert.

Haben noch eine Tochter. Bin mit allen in die Heimat gefahren. Die Schwester hatte mit ihrem Mann den Hof übernommen, zum Leben zu wenig, zum Sterben zu viel. Als die Kinder klein waren, ging es gut, später gefiel es ihnen nicht mehr. Zu langweilig. Nichts los hier. Bin dann auch nicht mehr gefahren. Die Menschen dort sind mir, ich bin ihnen fremd geworden. Denken anders, sprechen anders als ich. Leere Worte, einmal hin und zurück. Ist immer noch meine Heimat, bin dort aber nicht mehr zu Hause. Meine Frau, meine Kinder waren mein Zuhause.

Habe in meinem Leben viel und schwer gearbeitet, auch oft nach Feierabend. Geld verdienen, sollte uns gut gehen. Musste später dafür bezahlen. War in den letzten Jahren häufig krank. Das Herz. Dann eines Tages der Infarkt, ich wurde Rentner. Eben erst in Deutschland angekommen, die Arbeit, Heirat, die Kinder, wo waren die Jahre, wo mein Leben?

Rentnerlangeweile. Inhaltloser Zeitvertreib. Der Garten,

spazieren gehen, einkaufen in der Stadt, ab und zu einen Landsmann, einen Bekannten treffen. Abends Fernsehen. Und ab und zu träumen, von Baka und unserem Land, dem kleinen Fluss, der Wärme eines Sommerabends, und wie es wohl gewesen wäre, wenn …

Eingesperrte, bunte Schmetterlinge freilassen, fliegen auch in dunklen Zimmern. Nicht vergessen, sie wieder einzufangen. Sind nur meine Schmetterlinge, brauche sie morgen vielleicht wieder.

Unser Land wurde frei, war frei, frei, frei. Kein fremder Kaiser, König oder Präsident. Unser Land, unser Volk, unsere Regierung. Haben Jahrhunderte darauf gewartet. Mit Landsleuten gefeiert, gesungen und geweint. Schade, dass Baka das nicht mehr erlebt hat.

Gesundheitlich ging es mir immer schlechter. Dann der zweite Infarkt und das Grab auf diesem Friedhof. Fremde, Unbekannte meine Nachbarn für die Ewigkeit. Und Bakas Grab so weit.«

»Millionen von Ausländern bleiben hier und verändern unser Land. ›Deutschland den Deutschen‹, sagt mein Neffe. Finde ich richtig. Wir müssen doch unsere Kultur, unsere Sitten, unsere deutsche Art in unserem Land bewahren können.

Irgendwann wusste ich, dass der Zug nicht mehr aufgehalten werden kann, dass mein Deutschland Vergangenheit war. Nur noch Erinnerung, Erinnerung an die heile Welt von Heidi, Peter und dem Großvater in den Bergen. Zopfmädchen-Zeit im Sauerland. Konnte mir keiner nehmen, war bereit zu gehen.

Mein Land ist es nicht mehr und das meines Nachbarn wird es nie gewesen sein. Zwei Körner im Treibsand der Geschichte. Übergangsgenerationen für eine neue Zeit, ein anderes Land, das Land meiner und seiner Enkel. Wie immer es auch aussehen mag.«

»Nein, mein Land war es nie, konnte es nicht sein. ›Heimat hat man im Herzen‹, hätte Baka gesagt Aber es ist das Land unserer Kinder und Enkel. Wie immer es auch aussehen mag. Wir werden es in Ewigkeit begleiten. Was immer das auch sein mag.«

Domino

Gefroren hat es heuer, noch gar kein festes Eis.[1]

Seit einigen Stunden sitzt er auf der Bank am Rande des Parks. Im Sommer war er häufig hier. Auf der Terrasse zu Hause stand auch eine Bank. Zu Hause? Fremdsprache. Irgendwann einmal gelernt, gesprochen, irgendwann damit aufgehört und jetzt längst vergessen.

Ihm ist kalt. Er zieht den verschlissenen Mantel enger um seinen Körper. Viel zu früh ist es in diesem Jahr kalt geworden. Zögernd gleitet die rechte Hand in die blau-weiße Aldi-Tragetasche. Verspürt Angst, als er sieht, dass die Flasche in seiner Hand bereits weit über die Hälfte geleert ist. Der Rest wird für die Nacht nicht reichen. Der Alkohol brennt sich durch seinen Körper, doch bald ist ihm wieder kalt, sehr kalt.

Anfangs kamen ab und zu noch Menschen an der Bank vorbei, dann wurden es weniger und seit einiger Zeit ist er allein. Im Sommer waren hier viele Menschen, große, kleine, dicke, dünne. Männer, Frauen, alte und junge. Zunächst hörte er das leise Knirschen der kleinen Steine unter ihren Schuhen, das Knirschen wurde lauter und ebbte ganz langsam wieder ab. Manchmal schaute er hoch. Nein, nicht in ihre Gesichter. Gesichter oder gar Augen schauen, ist für ihn längst vorbei.

---

1   Aus dem Gedicht »Das Büblein auf dem Eise« von Friedrich Güll

So wie zu Hause vorbei ist. Schaut auf Schuhe, Hosen und Kleider, manchmal – mehr zufällig – auf Hemden, Blusen und Pullover. Ganz selten – aber dann muss er schon sehr viel getrunken haben – schaut er noch höher und sieht ganze Menschen. Aber er sieht auch dann nie ihre Gesichter. Gesichter sind für ihn seit Langem leere weiße Flächen. Keine Augen, kein Mund, nur ein leeres Weiß. Augen und Mund können lügen. Eine leere weiße Fläche nicht.

Die Leergesichter waren nicht von Anfang an da. Anfang. Am Anfang erschuf Gott Himmel und Erde. Gott Fremdsprache, wie zu Hause. Vorbei. Vorbei wie Augen und Mund. Eines Tages waren sie da, leere, bleiche Gesichter.

Das Eis auf einmal knacket, und krach! schon bricht's hinein.[1]

Am Anfang, als er begann nicht mehr zu leben, wurde er arbeitslos. Dass er nicht mehr lebte, hat er erst später gemerkt. Eigentlich war es auch mehr ein langsames Hinübergleiten in das Nichtmehrleben.

Mit 52 Jahren die Kündigung. Da war Wut, Enttäuschung, aber auch Hoffnung. »Ruh' ich mich halt ein paar Wochen aus, dann wird sich schon etwas finden.« Es fand sich nichts. Und dann war da auf einmal dieser Dominoeffekt. Streit, immer wieder Streit zu Hause. Wirtshaus, Alkohol, betrunken und wieder Streit. Seine Frau zog aus der Wohnung, reichte die Scheidung ein. Die abschüssige Fahrt wurde immer schneller, die Dominosteine fielen und fielen. Irgendwann eines Morgens, als er einmal nüchtern war, wusste er: Sein Leben lag im Sterben.

Das Geld wurde knapp, Mietschulden, Kündigung der Wohnung. Eines Tages packte er einen Koffer und eine Tasche. Ein Lkw-Fahrer nahm ihn mit, in irgendeiner Stadt stieg er aus. Er war auf der Platte.

Obdachlosenasyl, Essen für Obdachlose, Sozialhilfe und immer wieder Alkohol. Aus Koffer und Tasche war längst Aldi-Plastik geworden. Aldi-Plastik: Mit geübtem Griff holte er die Schnapsflasche hervor. In der rechten Hand die Flasche halten, mit der linken Hand den Schraubverschluss drehen und dann die rechte Hand mit der Flasche zum Mund. Reibungslos, Trainingserfolg.

Fast hätte er die Flasche leer getrunken. Doch er schaffte es aufzuhören. Auf dem Weg in die Stadt benötigte er unbedingt noch den Rest.

Lange schon hatte er niemanden mehr gesehen. Es war nicht die Zeit, spazieren zu gehen. Kalt, es war viel zu kalt. Er müsste jetzt unbedingt aufstehen und gehen, unterwegs könnte er dann noch einmal trinken. Dann würde er es schaffen.

Und wenn er jetzt den Rest trinken und dann aufstehen und gehen würde? Erst trinken und dann sofort gehen? Der trainierte Griff zur Flasche, rechte Hand, linke Hand, der letzte Schluck, Domino.

Es war wenig, nicht einmal richtig warm war ihm geworden. Er lehnte sich zurück. Nur noch einen Augenblick ausruhen und dann gehen.

Die Flasche glitt ihm aus der Hand. Sie fiel mit einem dumpfen Ton auf den Boden, rollte ein kleines Stück und blieb liegen.

Der letzte Dominostein war gefallen.

Der rote Faden

*E*ine Geschichte über ein kleines grünes Heft. Keinesfalls alltäglich, Spannung und Dramatik zumindest vorgesehen. Manchmal durchaus verwirrend. Daher ist es ganz wichtig, den roten Faden immer im Auge zu behalten.

Im Augenblick leider nicht möglich, da noch ungeklärt, wo er sich überhaupt befindet. Doch das muss nicht unbedingt ein Nachteil sein; solange er nicht vorhanden ist, kann er auch nicht verloren gehen. Irgendwer wird ihn sicher irgendwann, irgendwo entdecken, sollte ihn dann allerdings umgehend ergreifen und nicht mehr aus der Hand geben. Denn was ist eine Geschichte ohne roten Faden?

Für den Gesamtzusammenhang erscheint wesentlich, dass vor ein paar Tagen unser Bücherschrank im Wohnzimmer aufgeräumt wurde. Nein, nicht wegen des roten Fadens. Zu diesem Zeitpunkt war noch nicht bekannt, dass er benötigt werden würde. Warum dann Bücherschrank?

Nun, so langsam muss doch irgendwie eine Verbindung zu dieser vorgesehenen Grünen-Heft-Geschichte hergestellt werden. Und was bietet sich da an? Richtig! Ein Bücherschrank, insbesondere wenn er sowieso ausgeräumt wird, weil unser Wohnzimmer tapeziert werden soll. Um der nächsten Frage zuvorzukommen: weil meine Frau es so will. Nein, unbedingt erforderlich erscheint es mir nicht. Ein bis zwei Jahre hätte es sicherlich noch Zeit und ich meine Ruhe gehabt.

Dann wäre mir auch dieses kleine grüne Heft nicht in die Hände gefallen. Natürlich ist es ist nicht wirklich gefallen. Man formuliert das einfach so und dann steht es da. Gravitationsmäßig geschah mit ihm eigentlich nichts, irgendwann fiel mir hinter zwei breiten Büchern mit unwichtigem Inhalt sein giftgrüner Umschlag ins Auge.

Nein, mit meinen Augen ist nach wie vor alles in Ordnung. Das heißt, seit einigen Jahren muss ich abends Augentropfen nehmen. Hat mir mein Augenarzt empfohlen. Lange vor dem grünen Heft.

Hab mit ihm auch nicht darüber oder das Tapezieren gesprochen. Über derartige Dinge unterhalten wir uns auch eigentlich nie. Wir sprechen mehr über Augen und so.

Vielleicht ist es jetzt an der Zeit, einmal kritisch anzumerken, dass in dieser vorgesehenen Geschichte über ein kleines grünes Heft so rein inhaltlich gesehen noch nicht viel geschehen ist. Gravitations- und sonstige Erörterungen haben dies bisher weitgehend verhindert.

Wobei natürlich die Frage erlaubt sein muss, ob der Weg nicht das Ziel sein kann. Ist das, was wir bisher gehört haben, nicht schon Inhalt genug? Zumindest etwas auf dem man aufbauen kann. Ohne Frage würde der rote Faden Derartiges wesentlich erleichtern. Bisher scheint er aber immer noch nicht gefunden worden zu sein. Gemeldet hat sich diesbezüglich jedenfalls niemand.

Die Feststellung, dass jeder Mensch neben guten auch schlechte Angewohnheiten hat, erscheint zunächst – wie so manches in dieser Geschichte – zusammenhangslos. Ob diese Aussage etwas mit dem Inhalt des kleinen grünen Heftes zu tun hat, ist ohne einen roten Faden natürlich nicht so einfach zu beantworten. Aber die Hoffnung stirbt bekanntermaßen zuletzt. Las den Satz mit den guten und schlechten Angewohnheiten übrigens auf der letzten Seite des grünen Heftes.

Eine meiner schlechten Angewohnheiten: Zunächst die letzten Zeilen eines Buches wenigstens überfliegen.

Wegen Angst vor einem Unhappyend. Ich mag es beispielsweise nicht, wenn der Held einer Geschichte zum Schluss mit dem Flugzeug über dem Urwald abstürzt und zu Hause seine im fünften Monat schwangere Ehefrau allein zurücklässt. Wobei der Schwangerschaftsmonat natürlich variieren und der Absturz auch irgendwo anders und nicht unbedingt über dem Urwald erfolgen könnte.

Nun ist eigentlich nicht zu erwarten, dass bei einem grünen Heft mit dem Titel »Praktische Menschenkenntnis für Beruf und Freizeit« mit Todesfällen im Urwald zu rechnen ist. Auch Schwangerschaften durchaus unwahrscheinlich.

Für jeden erkennbar, hat die Geschichte sich mit den letzten Zeilen deutlich weiterbewegt. Zumindest sind Titel und Thematik des grünen Heftes jetzt bekannt. Nach wie vor fehlt allerdings der rote Faden. Aber so grundsätzlich scheint jetzt die Katze aus dem Sack.

Natürlich gehören Katzen nicht in einen Sack. Nein, ich habe nichts gegen Katzen. Obwohl mir Hunde eigentlich lieber sind. Nein, wir haben weder Katzen noch Hunde zu Hause. Wir hatten einmal ein Kaninchen. Aber dann musste ich in seiner Nähe immer husten, hin und wieder auch schnupfen. Der Arzt hat eine Allergie festgestellt. Nein, nicht bei dem Kaninchen, bei mir natürlich. Nach drei Tagen hat meine Frau sich dann entschieden. Gegen das Kaninchen. Ja, drei

Tage. Diese Zeit belastet unsere Ehe noch heute. Aber das ist ein anderes Thema.

Übrigens hat jeder Deutsche durchschnittlich vier Mal im Jahr einen Schnupfen. Dieser Satz ist wichtig, denn er führt unmittelbar zu dem grünen Heft genauer gesagt zu seinem Vorwort. Fand dort die *Wer-kann-da-schon-nein-sagen-Frage*, ob man gewillt sei, den Durchschnitt zu überragen. Natürlich träumen wir alle davon Gipfelstürmer, also Einsteins oder Goethes zu sein.

Und was ist mit diesem durchschnittlich viermaligen Schnupfen der Deutschen? Wer will denn mit sechs oder sieben Mal den Schnupfdurchschnitt überragen?

Oder Eier. Jeder Deutsche isst im Jahr 220 Eier. Legt jemand überdurchschnittlichen Wert auf 315 Eier oder so? Und der Cholesterinspiegel? Also ganz so einfach ist das nicht, man sollte durchaus vorsichtig sein mit diesem Über-dem-Durchschnitt.

Übrigens litt der eben erwähnte Goethe unter Höhenangst. Nein, den Prozentsatz der Deutschen, die unter Höhenangst leiden, kenne ich nicht. Jedenfalls ist Goethe so lange auf einen Turm oder so etwas Ähnlichen gestiegen, bis es vorbei war mit der Angst. So schnell können sich Prozentsätze ändern.

Dieser Goethe taucht auch auf der ersten Seite des grünen Heftes, direkt nach dem Vorwort auf. Idealbild für die eigene Persönlichkeitsentwicklung.

An diesem Punkt entschied sich der weitere Nicht-Verlauf der Geschichte. Im Wissen um die Unerreichbarkeit dieses Giganten beendete ich meine körperliche und geistige Verbindung mit dem kleinen grünen Heft. Ich schob es hinter mehrere Lexika in dem Bücherschrank eines anderen Zimmers, nicht ohne mich vorher bei meiner Frau rückversichert zu haben, dass dieses erst in einigen Jahren renoviert werden muss.

Übrigens scheint der rote Faden gänzlich abhanden gekommen zu sein. Gefunden hat ihn bisher niemand und ich wüsste nicht, wo wir ihn noch suchen sollten.

Aber da die Geschichte jetzt zu Ende ist, wird er im Grunde auch nicht mehr benötigt. Das hat er davon.

Engel auf dieser Welt?

Weiß nicht mehr warum, erinnerte mich irgendwann an mein Kindergebet: *Schutzengel mein ...*

Dann die Gedanken: Engel auf dieser Welt, Engel – gibt's die?

Dachte an Albert Schweitzer, Mutter Theresa. Dachte an meine Frau. War in unserer Schmetterlinge-im-Bauch-Zeit manchmal ihr Engel. Jahre gingen, Jahre kamen. Schmetterlinge sind uns treu geblieben, müssen nur irgendwie aus dem Bauch in unseren Garten gelangt sein.

Engel auf dieser Welt? Träumte, ich hätte den Jackpot geknackt und dann kam der Mann mit dem Koffer.

»Bin der Engel vom Lotto, 4 Millionen Euro und 50 Cent. Herzlichen Glückwunsch!«

Wollte ihm die 50 Cent Trinkgeld geben, doch meine Frau schüttelte den Kopf. Hat schwäbisches Blut in den Adern.

Engel auf dieser Welt?

Dachte an den Friseur unserer Bundeskanzlerin. Nur ein Engel kann solche Wunder vollbringen.

Fand den Einstieg gut, könnte eine Geschichte über Engel werden. Doch eindeutig Thema verfehlt! Sind alles nur Ersatzengel, bleiben Menschen!

Beginne von vorn.

Engel auf dieser Welt die Zweite:

Dachte an Knaben mit den Pausbacken und züchtigen Tüchern, Putten im kirchlichen Barock. Goldverziert, wohlgenährt. Meine Frau ist der Meinung, das liege an dem Manna, dieser Himmelsnahrung. Mit dem Rezept könne man reich werden. Ihr Großvater war Schwabe.

Dachte dann endlich biblisch, dachte an Nazareth. Neun Monate vor Christi. Mittagszeit in Palästina. Josef und Maria beim Essen. Eine kleine Küche, Stühle, ein Tisch, weder Kühlschrank noch Geschirrspüler. Man konnte zu dieser Zeit ohne Weiteres darauf verzichten, da Strom auch noch nicht erfunden worden war. Es klopft. Josef geht zur Tür, kommt zurück: »Es ist für dich, irgend so ein Weißer mit zwei Flügeln.«

Maria steht auf, hört sich an, was der Engel zu sagen hat. Kommt etwas in sich gekehrt zurück. Josef neugierig: »Was wollte er?« Maria zutreffend: »Er hat die frohe Botschaft überbracht.« Ein eher zurückhaltendes »Aha.« von Josef und dann essen sie weiter. Ob es wirklich so war? Man weiß es ja nicht. Wie so vieles von dieser Familie. Schade.

Engel auf dieser Welt?

Dachte an Hänschen. Hänschen war vom Apfelbaum gefallen. Hatte sich nichts gebrochen. »Da hast du aber mal wieder einen Schutzengel gehabt.« Auch Hänschen hatte am Morgen gleich nach dem Wachwerden »Schutzengel mein ... « gebetet.

Ich selbst habe ein Problem mit den Schutzengeln. Seit der Schlägerei mit Heinz, meinem Freund aus Kindertagen. Für Neunjährige eigentlich kein Problem. Aber Heinz hatte seinen und ich meinen Schutzengel. Und das beschäftigt mich! Ich sehe sie hin und her springen, der eine will Heinz und der andere mich schützen. Kommen in dem Gemenge damit nicht so richtig klar. Im Endeffekt könnte das doch dazu geführt haben, dass die Beiden selbst ... Nein, so weit darf man nicht denken. Es waren doch Engel. Keine Schlägerei unter Engeln. Völlig abwegig, oder?

Millionenfach dieses Schutzengelproblem in jedem Krieg. Jeder Soldat hat doch einen, der ihn beschützen soll. Wahrscheinlich wird der liebe Gott den Engeln bis Kriegsende freigeben. Bleiben während der Kämpfe bei Hosianna und Halleluja im Himmel. Ist der Krieg dann vorbei, kehren sie zur Erde zurück.

Durch Kugeln, Bomben und Granaten arbeitslos gewordene Schutzengel werden Gott sei Dank als Himmelsangestellte sozial gut abgesichert sein. Aber sicher wissen wir es nicht. Wie so vieles aus dieser Gegend. Schade.

Engel auf dieser Welt?

Sprach irgendwann mit meinem Freund Manni über dieses Thema. Manni hat selten recht, dafür aber zu allem eine Meinung. »Engel hier? Auf unserer Welt? Das kannste vergessen, das ist wie Gletscher in der Sahara oder Beckenbauer und monogam. Englein können wir im Himmel sein. Kommt früh genug.« Grinste: »Ich sehe Dich schon im weißen Kleidchen da oben rumschweben und Hosianna und Halleluja summen.«

Mit diesem weißen Kleidchen hatte er eine Schwachstelle berührt. Hängt mit dem Space-Shuttle zusammen. Sieht ganz, ganz schlimm aus nach der Rückkehr aus dem Weltraum. Hitzeschild kohlrabenschwarz. Ist ein weiter, heißer Weg, vom Himmel zur Erde. Und die Engel? Stets waschmittelreklameweiß, Gewand bis zur Erde, schulterlanges blondes

Haar, auf dem Rücken völlig unversehrte Flügel, manchmal noch mit etwas Gold verziert. Immer wie aus dem Ei gepellt, diese Boten des Herrn.

»Telekinese«, meinte meine Tochter, das mit den Engeln könnte was mit Telekinese oder so zu tun haben. Da macht sich doch das Studierte bei ihr bemerkbar.

Engel auf dieser Welt?

Bethlehem, 9 Monate nach Nazareth. Eine große Weide, eine Schafsherde, Hunde und natürlich Hirten. Diese lagen oder standen so herum, umwanderten die Herde, redeten miteinander oder summten zur Beruhigung der Schafe leise vor sich hin.

Da fällt mir Manni wieder ein. Gut, dass er damals nicht dabei war. Oh Gott, wenn der anfängt, zu summen oder gar zu singen, da werden selbst Schafe unruhig. Aber dafür war er früher ein guter Fußballspieler. So hat jeder seine Stärken und Schwächen.

Aber zurück zu der Herde. Plötzlich war da ein Rauschen in der Luft, die Hunde bellten, die Schafe fraßen weiter und die Hirten, die nicht auf dem Boden lagen, ließen sich jetzt vor Schreck auf ihn fallen. Über ihnen schwebten weiße Gestalten, leise Musik und eine Stimme ertönte und verkündete die Geburt Jesu. Wobei ich mir mit der Musik nicht ganz sicher bin, aber man kann es sich gut vorstellen. Nach der Verkündung verschwanden die Engel. Aber wie und wohin? Haben sie sich einfach in Nichts aufgelöst oder wie die Vögel im Herbst versammelt und sind dann in den Horizont getaucht? Vielleicht auch senkrecht in den Himmel aufgestiegen? Oder wieder Telekinese? Man weiß es ja nicht. Wie so vieles aus dieser Zeit. Schade.

Die Hirten machten sich natürlich sofort auf den Weg, fanden den Stall mit der Krippe, gruppierten einige Schafe und Hunde um das Christkind, fielen auf die Knie und gehören seitdem zu unseren Weihnachtskrippen wie Verspätungen zur Bundesbahn.

Engel auf dieser Welt?

Dachte an die Engel vor dem Grab Jesu, mit der Auferstehungs-Botschaft.

Drei überlieferte Engelauftritte innerhalb von gut 30 Jahren waren das damals. Boten des Himmels auf dieser Welt. Und danach nichts mehr. Nur noch tote Hose.

Aber jedes Ding hat seine zwei Seiten.

Nach den drei Engelauftritten waren die wesentlichen christlichen Glaubensgrundsätze unter das Volk gebracht, und in der Zukunft könnte eigentlich nur noch das Jüngste Gericht von ihnen verkündet werden. Unter diesem Aspekt spricht vieles dafür, die Boten des Herrn nicht unbedingt herbeizusehnen und uns weiterhin mit Ersatzengeln zu begnügen.

Nach wie vor ungelöst bleibt allerdings dieses Problem mit den Schutzengeln.

Nicht zu klären. Wie so vieles zwischen Himmel und Erde. Schade.

Marilyn

Am Ende wieder eine dieser Geschichten, die sich irgendwie verselbstständigen und völlig anders als geplant verlaufen. Wollte nach Erzählungen, Kurzgeschichten einmal ein Märchen schreiben. So »Es war einmal, und wenn sie nicht gestorben sind, so leben sie noch heute.« Und mit einem Tier. Märchen mit einem Tier mochte ich als Kind am liebsten.

Versuchte mich also an einem Märchen. Konzentration fiel schwer, hatte am Abend zuvor einen Film mit Marilyn Monroe im Fernsehen gesehen: ›River of no Return‹. Und Marilyn war haften geblieben. Ganz, ganz schwer, als Mann sich ein Märchen auszudenken, wenn diese Frau immer wieder vor einem auftaucht.

Also Märchen mit Tier, aber auf keinen Fall Wolf. Wolf ist seit Rotkäppchen out. Der frisst die Großmutter, man macht sich schon Gedanken wegen der Erbschaft, doch dann hat er nicht wirklich gefressen und sie ist wieder da, die Oma, und mit ihr die Probleme wegen Pflegestufe und so weiter. Und das mit der Erbschaft kann man auch erst mal wieder abhaken. Also kein Wolf.

Schon wieder Marilyn. Sehe sie vor mir auf einem kleinen, schmalen Floß im reißenden Fluss. *River of no Return*. Echt in

Lebensgefahr. Natürlich zum Schluss Happy End, klar, aber man hat doch gebangt und sie immer fest im Auge gehabt.

Also Märchen mit Tier, wenn es auch schwerfiel. Hörte meinen Großvater: »Wenn man etwas angefangen hat, muss man es auch zu Ende führen. Ein Skispringer auf der Schanze kann unterwegs auch nicht einfach stehen bleiben, muss springen.«

Hase geht übrigens auch nicht. Wegen »Es war einmal«. Gehört an den Anfang jedes Märchens. Es war einmal ein Hase eindeutig Imperfekt, der ist also tot, hat die Löffel längst abgegeben. Doch ohne Löffel ist es kein Hase, nicht einmal ein Kaninchen.

Marilyn für eine Floßfahrt übrigens viel zu dünn angezogen. Und nach kurzer Zeit alles nass. Das Wenige an Kleidung klebte am Körper. Kleidete sie trotzdem oder deshalb hervorragend.

Nebenbei bemerkt, ein Mann und ein kleiner Junge mit auf dem Floß. Nicht weiter wichtig, nur der Vollständigkeit halber.

Hab Großvater wirklich gern gehabt, doch Sprungschanze hin und her, hätte er Marilyn jemals gesehen, würde er sofort verstanden haben, warum ich mit dem Märchen nicht weiter kam. Echt keine Chance. Alles zu seiner Zeit und mit Marilyn im Kopf keine Märchenzeit.

Habe übrigens so etwas Ähnliches, also dies mit der klebenden Kleidung schon einmal in einem anderen Film gesehen. Mit Anita Ekberg. War in Rom in so einen antiken Brunnen gefallen und das Wenige, was sie anhatte, klebte, wo es kleben konnte und sollte. Und da war einiges. Hätte auch nach diesem Film kein Märchen schreiben wollen.

Ist auffallend, dass solche Dinge immer Frauen zustoßen, die sowieso schon schwer zu tragen haben. Kann mich zwar im Augenblick nicht erinnern, aber mit der Loren gibt es bestimmt Ähnliches.

Großvater mit seiner Sprungschanze beschäftigt mich doch noch. Was macht eigentlich so ein Springer, wenn er unterwegs ist und plötzlich Angst bekommt? Zurück ist nicht, Schneepflug oder auf den Hintern setzen hilft auch nicht viel. Muss irgendwie runter, egal wie. Aber er hat sich diesen Sport schließlich selbst ausgesucht.

Marilyn schwebte in Lebensgefahr, Stromschnellen, und dann das entfernte Donnern eines Wasserfalls. Sie klammerte sich irgendwo fest, doch dann ein Felsen im Fluss und das Floß zerschellte.

Die deutsche Sprache ist schon etwas eigenartig: Zerschellte ist lebensbedrohlich, ganz, ganz schlimm. Dagegen mit der Schelle an meinem Fahrrad klingeln, ist etwas Nettes, Schönes. Völlig nebensächliche, im Gesamtablauf unnötige Abschweifung. Aber der Gedanke kam mir so.

Marilyn konnte sich Gott sei Dank an einem Felsen festhalten, hing da total nass in ihren leider immer noch klebenden Kleidern, wurde dann wie zu erwarten von dem Floßmann gerettet. Das Lächeln auf ihrem Gesicht und ihr frisch gekämmtes blondes Haar in dieser Situation doch etwas überraschend.

Erwähnenswert vielleicht noch, dass sie später in irgendeinem Lokal dieses schöne Lied von dem River of no Return sang. Allerdings in trockenen Kleidern, die sie sich geliehen haben musste, daher etwas eng erschienen, aber doch irgendwie hervorragend passten. Mich hätte es nicht weiter gestört, wenn sie die Kleidung erst gar nicht gewechselt hätte. Aber man muss natürlich auch die Erkältungsgefahr berücksichtigen.

Das war dann eigentlich so das Wichtige. Kurz noch den Rest, der bereits erwähnte Mann und Marilyn kamen sich – für Filmkenner nicht überraschend – im Laufe der Geschichte immer näher und näher, heirateten sogar und auch der Junge blieb bei ihnen. Eben Happy End. Und wenn sie nicht gestorben sind, so leben sie noch heute. Diesen Satz nur für meinen Großvater, damit so märchenmäßig etwas besänftigen.

Dieses ›so leben sie noch heute‹ trifft ja auf Marilyn leider nicht mehr zu. Aber das weiß mein Opa ja nicht. Es sei denn, die beiden haben sich im Himmel getroffen. Aber dann wird er das mit dem Nicht-Märchen erst recht verstehen.

Känguru ist mir dann noch eingefallen. Wenn es ein Märchen mit Tier geworden wäre, hätte Känguru gut hineingepasst. Wegen des »Zurück«. Denn die können nur vorwärts, niemals zurück, weder gehen noch springen. No Return. Die Kängurus.

Wenn nun ein Känguru als Skispringer auf einer Schanze, dann könnte es so theoretisch gesehen doppelt nicht zurück. Einmal wegen – nun gut lassen wir das. Außerdem können Kängurus nicht Skilaufen.

Würde Großvater wirklich wünschen, dass er Marilyn da oben treffen könnte. Aber vielleicht auch besser nicht. Höre ihn schon märchenhaft seufzen: ›Es war einmal.‹ Du hast recht, Großmutter: Jetzt ist Schluss.

Ruhestörung

Die Kirchturmuhr auf der gegenüberliegenden Straßenseite schlägt acht Uhr, als ich vor der Praxis unseres Hausarztes stehe. Montagmorgen, es ist kalt und regnerisch, ich bin unausgeschlafen, friere, fühle mich krank. Einen Eckplatz zum Anlehnen, die Augen schließen und ein paar Minuten Ruhe. Doch dann ein Albtraum:

Kaum habe ich die Tür zum Wartezimmer geöffnet, begrüßt mich eine ältere grauhaarige Frau. Bevor ich sitze, weiß ich schon, dass es richtig ist, dass ich bei dieser Kälte Stirnband und Ohrschützer trage, dass ihr Mann derartige Dinge ablehnt und sich sogar weigert, lange Unterhosen anzuziehen. Bin etwas beruhigt, als ich höre, dass er sich Gott sei Dank zu Leggins hat überreden lassen.

Denselben Gott, dem sie gerade gedankt hat, bitte ich jetzt um Ruhe. Nur ein paar Minuten Ruhe.

Wie nicht anders zu erwarten, hat er Wichtigeres zu erledigen.

Erfahre jetzt, dass sie ihre Haare heute Morgen gewaschen hat. Zum Frisieren sei dann keine Zeit mehr gewesen. Kramt dabei ununterbrochen in ihrer Tasche, kann ihren Kamm nicht finden. Suchen und Reden für sie kein Problem. Fragt mich, ob ich ihr eventuell meinen Kamm ausleihen würde, macht mich aber gleichzeitig darauf aufmerksam, dass die meisten Menschen so etwas niemals aus der Hand geben.

Kann ihr nicht helfen, macht aber nichts, denn sie hat mich diesbezüglich schon abgeschrieben, steht auf, informiert mich, dass sie die Arzthelferin nach einem Kamm fragen werde, und da sie volles Vertrauen zu mir habe, solange ihre Tasche unter meiner Aufsicht lasse. Bin gerührt.

Stille, endlich Stille. Doch schon ist sie zurück. Nein, einen Kamm habe sie nicht, dann müsse der Arzt eben so mit ihr vorliebnehmen. Bin überrascht, als ich meine eigene Stimme erkenne, die sie über den Zustand ihrer Haare beruhigt.

»Nun, es geht vielleicht so eben, aber sonst sind sie besser.« Kramt weiter. Erzählt dabei, dass sie morgens eigentlich ihre Ruhe benötige. Glaube nicht richtig gehört zu haben, reagiere dann aber für einen Montagmorgen überraschend schnell.

»Ich auch, ich auch.« Doch Ironie ist nicht ihr Ding. Hätte ich mir sparen können.

Erfahre jetzt, dass sie wegen der morgendlichen Ruhe seit einiger Zeit früher als ihr Mann aufstehe, damit sie alleine frühstücken könne. Versichere ihr volles Verständnis, Ruhe sei auch für mich insbesondere montagmorgens ganz, ganz wichtig.

>Bitte, lieber Gott, nur ein paar Minuten.<

Muss nach wie vor anderweitig beschäftigt sein, denn mein Gegenüber redet ununterbrochen weiter. Sie sei wahrscheinlich empfindsamer als ich, ihr Ruhebedürfnis gehe weit über den Montagmorgen hinaus, und das bei einem Ehemann, der sich zum morgendlichen Dauerredner entwickelt habe.

>Lieber Gott, bitte!<

Könne mir ruhig verraten, dass er – also ihr Mann – immer so komische Träume habe, so von Stammzellen und von Genen und solchen Sachen, und sie müsse sich diesen Quatsch dann pausenlos anhören, obwohl sie doch nur Ruhe wolle. »Bin ja kein Mann, aber ich glaube, dass andere Männer wahrscheinlich von Frauen, Fußball oder Urlaub und so etwas träumen. Und meiner, der muss ja immer etwas Besonderes haben, Stammzellen und Gene. Haben Sie schon einmal von Stammzellen geträumt?«

Schüttele wahrheitsgemäß den Kopf.

»Sehen Sie! Interessiert doch niemanden, insbesondere nicht morgens beim Frühstück.«

Jetzt sind ihr die Leggins wieder eingefallen. Was das für einen Kampf gekostet habe. Aber seit ein paar Tagen ziehe er sie ja an. Im Übrigen, das was heute Morgen passiert sei, habe er ganz alleine zu verantworten. Mir könne sie das ruhig erzählen, habe übrigens noch nicht viele Männer kennengelernt, die so gut zuhören.

›Lieber Gott bitte, bitte, bitte.‹

»Also heute Morgen: Wegen der Ruhe frühstücke ich allein, wie Sie wissen. Und über unserm Esstisch hängt eine Lampe, die man so rauf- und runterziehen kann. Den Lampenschirm wische ich wegen der Flusen Tag für Tag mit einem Lappen ab. Er lacht darüber, aber Männer haben von so etwas ja keine Ahnung.«

Ein kurzer versteckter Blick in meine Richtung. »Jedenfalls die meisten«.

Habe inzwischen die Hoffnung auf himmlische Hilfe aufgegeben, setze jetzt auf die Arzthelferin.

»Das Problem ist, dass ich die Lampe nicht selbst herunterziehen kann, benötige dafür meinen Mann. Und der macht dann wieder seine Scherze. ›Frau Saubermann wieder unterwegs?‹ So in diese Richtung, wissen Sie?«

Heute Morgen war ich eilig und habe mich wegen der Flusen auf einen Hocker gestellt.

»Wissen Sie, da unten an der Lampe, da ist, das heißt da war so ein großer runder weißer Porzellanknauf. Den habe ich ergriffen und fest gezogen und dann, ja dann hat sich da irgendwie einiges gelöst und ist auf den Tisch gefallen. Da lagen dann viele weiße Splitter. Und ich hatte solch einen Zorn, hab sie alle vor seinem Platz zusammengefegt, dort liegen lassen und auf einen Zettel geschrieben: ›Da hast du deine Stammzellen.‹ In meiner Erregung habe ich dann den Kamm vergessen. Aber Sie haben ja gesagt, dass das mit den Haaren gar nicht so schlimm sei.«

Die Tür geht auf, die Arzthelferin im weißen Kittel.

In der Praxis bitte ich den Arzt, mit dem Blutdruckmessen noch etwas zu warten. Sieht mich fragend an: »Eine kleine Frau mit grauen Haaren und einem Mann mit Stammzellen?«

Nicke, sehe Mitleid in seinen Augen, aber auch ein wenig Resignation.

»Das mit dem Blutdruck machen wir dann besser an einem anderen Tag.«

Eile später am Wartezimmer vorbei, verzichte auf den Regenschirm, obwohl es immer noch nieselt. Welchen Stellenwert hat schon ein Regenschirm, wenn man dafür Leggins, Stammzellen und Genen aus dem Wege gehen kann.

Waage

*B*ei einem Besuch in der Praxis unseres Hausarztes stellte ich mich unnötigerweise – mehr aus Langeweile – auf seine Waage und schüttelte – nach einem etwas längeren Überraschungsmoment – ungläubig den Kopf. Der Arzt reagierte auf mein Kopfschütteln mit einem deutlichen Kopfnicken.

Gesprochen wurde über dieses Thema nicht.

Er ist schon lange unser Hausarzt.

Nur der Vollständigkeit halber sei erwähnt, dass die Waage in der Apotheke nebenan mit der des Arztes selbst hinter dem Komma im Einklang war.

Wohl eher zufällig nickte auch der Apotheker.

Zwei weitere Waagen wurden noch von meiner nicht unerheblich mitbetroffenen Gattin kontaktiert, dann stand zweifelsfrei fest, unsere Hauswaage hat uns jahrelang getäuscht. Eine Täuschung, die im wahrsten Sinne des Wortes ins Gewicht fiel. Hat uns etwas vorgegaukelt, wobei wir sehenden Auges mitgemacht haben. Mehr Täter als Opfer.

Die Konsequenz war klar, eine neue Waage musste her. Ein Angebot von einem Discounter und seit zehn Tagen kann man in unserem Bad eine glatte, gesichtsähnliche, ovale Kuppel mit glänzendem Display, verbunden mit einer zweigeteilten, geriffelten Trittfläche, bewundern. Sehr schön anzusehen.

Unsere Waage, Arzt- und Apothekerwaage harmonieren jetzt miteinander.

Trotzdem mag ich sie nicht und werde sie nie mögen. Diese positive Beziehung zwischen der alten Waage und mir, dieses Einvernehmen, das sich nach und nach entwickelt hatte, wird es mit der glattgesichtigen Neuen nie geben. Diese empfindsame Rücksichtnahme nach einer Geburtstags-Schlagsahne-Buttercreme-Orgie. Wie sie mir half, den befürchteten Gewichtsschock zu vermeiden. Belastete ich sie mehr auf der Außenseite und nicht so sehr in der Mitte, zeigte sie verständnisvolles Entgegenkommen. Auch eine Gewichtsverlagerung nach links oder rechts wirkte sich durchaus positiv aus. Glattgesicht dagegen zeigt selbst dann, wenn ich nur auf einem Bein stehe, das zutreffende Gewicht an.

Auch ein anderer Standort führte bei der alten Waage oftmals zu einem vorteilhaften Ergebnis. Bei extrem schlechten Gewissen, trug ich sie behutsam zu einem bestimmten Platz in unserem Bad, den sie sehr mochte und der einen besonders positiven Einfluss auf sie ausübte.

Mit Glattgesicht kann ich Derartiges vergessen. Selbst der dicke Teppich im Schlafzimmer bringt nichts. Es erscheint immer das tatsächliche Gewicht, aber in digital.

Damit übt Glattgesicht einen unbestechlichen Zwang zur Gewichtsabnahme aus. Fasten und Kasteien ist angesagt, meine Frau erwähnt bereits mehrmals am Tag die Weight-Watchers. Dabei bin ich längst einer.

Doch wie ich dies so schreibe, kommt mir ein Gedanke. Wenn ich mich in Zukunft nur noch mit Kleidung wiege, wird Glattgesicht das Bruttogewicht angeben müssen und wie viel Tara ich davon abziehe, bleibt schließlich mir überlassen.

Und wieder einmal siegt der Mensch über die Maschine.

Marita

Klassentreffen nach vielen, vielen Jahren. Neben mir Marita, einige Pfunde und Falten mehr, aber immer noch vorzeigbar.

»Verheiratet, zwei Kinder, bin ganz zufrieden. Und du?«

Erzählte von mir, wechselten aber bald wieder von dem Heute in das ›Weißt-du-noch?‹

»Weißt du eigentlich, dass ich damals ziemlich verliebt in dich war?«

Versuchte mich zu erinnern. Marita verliebt in mich? Fand zwischen Kinderland und Erwachsenwerden nichts Herz-Schmerz-Gespeichertes.

»Und wann?«

»Na vielleicht mit 15, so ungefähr.«

Überlegte, ganz, ganz entfernt war da etwas?

Aber was??

»Schon neun Uhr vorbei, wird Zeit für mich, Mama wartet, kleine Mädchen müssen schlafen gehn.« Marita steht langsam auf.

In unserer Wohnküche Mühle, Halma gespielt, viel geredet und gelacht. Sind gute Freunde und das seit 15 Jahren, so lange kennen wir uns, mehr oder weniger. Nachbarn in unserm kleinen Dorf im Sauerland. Als Kinder miteinander gespielt, gemeinsam zur Schule gegangen, gewachsen, verändert, aber vertraut geblieben.

Sehen uns fast täglich, trotzdem oder darum war mir entgangen, dass sich da langsam, aber sicher eine gut aussehende junge Frau entwickelte.

»Bring' dich bis zur Tür, muss noch abschließen.«

Die Haustür, die ersten Treppenstufen. Schon zeichnen sich in dem Gemisch von herbstlichem Nebeldunkel und dämmrigem Flurlicht Maritas Konturen nur noch schwach ab. Jetzt noch ein >Bye-bye< oder >Bis bald< oder so etwas.

Doch dann völlig unerwartet:

»Es war schön mit dir heute Abend.«

Bin mir ganz sicher, sie hat gesagt:

»Es war schön mit dir heute Abend.«

Weiß nicht, wie ich reagieren soll. >War schön mit dir heute Abend< hatte noch nie einer von uns gesagt. War nicht unsere Sprache.

Eine Stufe, noch eine Stufe, näher und näher, schaue Marita an, Blick fängt Blick und dann in Sekunden Raupe, Puppe, Schmetterling.

Sehe plötzlich die junge Frau, habe jetzt ihre Figur, die braunen Augen, roten Lippen deutlich vor mir.

>Es war schön mit dir heute Abend<. Muss endlich reagieren, aber wie? Bin unsicher, stehe auf ganz, ganz dünnem Eis, darf nicht mehr Hänschen sein.

»Ist ziemlich dunkel, bringe dich noch nach Hause, ja?«

»Das ist schön.«

Hab einen Augenblick das dünne Eis verlassen, nur einen Augenblick. Zwischen uns, was geschieht da auf einmal? Viele

Jahre Freunde und jetzt? Marita ist nicht mehr Marita, ich bin nicht mehr ich. Mit einem Satz Kinderland verlassen.

Gehen langsam, noch langsamer, Schritt für Schritt, dann wie von selbst berühren sich Hände, berühren sich, finden sich, halten sich. Finger streicheln Finger, leiten Gefühle, von mir zu ihr, von ihr zu mir, Schmetterlinge steigen zum Mond, kommen zurück. Schultern, Köpfe, berühren sich.

Darf jetzt nichts sagen, kein falsches Wort, das das Glas um uns zerbrechen kann. Sind eingesponnen in Nebel-Abend-stille, allein auf dieser Straße, in unserem Dorf, auf dieser Welt. Für ein paar Augenblicke, für tausend Jahre allein.

>Halt es fest, dieses Gefühl. Halt es fest, ganz, ganz fest, grab es ein, tief in dir, damit du dich erinnern kannst, irgend-wann erinnern, denn es geht vorbei. < Geht immer vorbei.

Hundert Meter sind nicht viel, auch Schnecken erreichen ihr Ziel. Das Haus, die Treppe, die Tür.

»Es war schön heute Abend, wunderschön«, meine Worte diesmal.

Marita steht vor mir, schaut mich an, reckt sich plötzlich hoch, drückt ihre Lippen einen Augenblick fest auf meinen Mund.

»Bis Morgen, ich freue mich«, dreht sich noch einmal um, hebt die Hand, der Eingang, Dunkelheit nimmt sie auf.

Bleibe noch stehen, schaue ihr nach.

>Es war schön mit dir heute Abend<, mit einem Satz end-lich aus der Bahn geworfen. Absteigen vom Schaukelpferd der großen Worte, langsam fertigmachen für den Rodeo der Erwachsenen. Könnte schreien, voller Übermut schreien. Ist schöner, viel, viel schöner als das, was bisher war. Kribbeln im Bauch auf der Schaukel zum Horizont. Fly, Hans Fly, wie

ein Vogel vorm Wind, und die Schaukel steigt und steigt. Gehe zurück. Setze Schritt für Schritt Hans wieder zusammen. Trete gegen einen Stein, spiele bis zu unserer Haustür Fußball mit ihm. In der Dunkelheit nicht einfach. Muss grinsen, so ganz haben zwei Hände, die sich streicheln, und ein erster Kuss die Welt für mich doch noch nicht verändert.

Bin sicher, wenn es damals so oder so ähnlich gewesen wäre, hätte ich mich erinnert, beim Anblick von Marita sofort daran gedacht.

So kann es also nicht gewesen sein. Vielleicht so?

Bringe Marita bis zur Haustür. Bleibt stehen und dreht sich zu mir um. Noch ein ›Bye-bye‹ oder ›Bis bald‹ oder so etwas.

Doch dann völlig unerwartet: »Es war schön mit dir heute Abend.«

Was soll denn das? Nicht unsere Sprache. ›Es war schön mit dir heute Abend.‹ Fühlt sich wohl nicht gut.

»Du hast ja auch fast alle Spiele gewonnen. Klar, dass es für dich schön war.«

Marita schaut mich etwas länger an, dreht sich um und geht. »Bis Morgen Hans.« Na Gott sei Dank. »Bis Morgen Marita«.

»Verliebt in mich, bist du sicher?«

»Ganz sicher, aber du warst jünger, viel, viel jünger als ich. Zu jung.«

Ich wusste, was sie meinte.

Und später, später als auch ich älter geworden war?

Später, irgendwann später, da war es vorbei. Geht immer

vorbei. Vorbei wie die Zeit zwischen damals und heute. Und was hat sie aus uns gemacht, diese Zeit?

Ich denke realistisch, je älter ich werde, umso realistischer sehe ich die Welt um mich herum. Lächeln mit leichtem Trauerrand über verlorene Träume und verpasste Gelegenheiten.

Und die Schmetterlinge schenken wir unseren Kindern und Enkelkindern.

Hebe das Glas: »Auf das was hätte sein können.«

»Und auf einen netten Abend Hans.«

Sonnenuntergang

Vor dem Eingang des Seniorenheimes ein alter Mann mit Problemen an seinem Rollator. Nur eine Kleinigkeit, bedankte sich. Ob er mich zu einem Espresso oder Cappuccino einladen dürfe?

»Nicht dafür.«

Doch da waren seine hoffnungsvollen Augen, der Pfadfinder in mir, und bald saßen wir uns im Hauscafé gegenüber.

Letzko sein Name, Anton Letzko.

Schon lange her, seit er sich mit jemandem unterhalten habe.

Stellte Fragen, gab selbst die Antworten, aber durchaus geschickt.

»Sie sind bestimmt verheiratet, oder?«

»Natürlich.«

»Meine Frau ist vor neun Jahren gestorben. Krebs, wissen Sie. Eine gute Ehefrau und Mutter. Vermisse sie immer noch. Wenn man sich versteht, ist das Leben zu zweit schöner, leichter. Und Kinder?«

Schüttelte den Kopf.

»Schade. Geht mich ja eigentlich auch nichts an. Mein Sohn lebt jetzt in der Nähe von Dresden. Vor einiger Zeit mit seinem Arbeitgeber umgezogen. Geld von der EU. Verstehe ich nicht. Ist doch jetzt alles Deutschland.«

Eine kurze Pause, dann langsam, die Stimme verändert: »Bin damals in dieses Heim gekommen.«

>Bin gekommen<, nicht >gegangen< oder >gezogen<. Ein ganz, ganz feiner Unterschied.

Holte dann weit aus, erzählte von seinen Vorfahren. Mit den Tibulskis, Koslowskis, Lendowskis aus dem Osten in das Ruhrgebiet gekommen. Zu der Zeit als die Zechen und Hütten hier jedem Arbeit gaben.

Folgerichtig dann die ausführliche Großvater- und Vater-Geschichte.

Schaute irgendwann auffällig auf die Uhr. Schon viel zu lange aufgehalten.

»Sie müssen bestimmt gehen, aber wenn ein alter Mann mal ans Erzählen kommt.« Reichte mir eine schmale, knöcherne Hand. »Vielleicht schauen sie irgendwann noch mal rein? Sie wissen, Letzko.«

An der Tür der Blick zurück: ein gebeugter, alter Mann mit seinem Rollator vor dem Aufzug. Den Höhepunkt des Tages hinter sich.

Eine Geschichte wert? Ganz sicher. Kann ich das? Über das Alter, über Einsamkeit, Inhalts- und Bedeutungslosigkeit, Angst. Seine Geschichte, Stellvertretergeschichte für viele?

Seit einiger Zeit stand er vor dem Fenster seines Zimmers und schaute fast regungslos hinaus in den wolkenlosen September-tag. Vor ihm ein längst vertrautes Bild: der Park des Senioren-heimes, die große Rasenfläche mit einzelnen hohen Bäumen und dahinter, schon etwas undeutlich, die Häuser der Stadt, in die er ein Jahr nach dem Tod seiner Frau umgezogen war. In die Nähe seines Sohnes. Im Grunde nur ein paar Kilometer entfernt von seiner alten Wohnung, trotzdem eine andere Stadt. Ruhrgebiets-

städte mit Millionen Menschen und fast nahtlosen Übergängen. Entstanden, als auf Kohle und Erz Vulkane explodierten und menschliche Lava Felder, Wiesen und Wälder fraß und dafür Häuser und Straßen ausschied. Patchwork, die ganze Region. Stadt reiht sich an Stadt, jede Grenze standhaft verteidigt. Unser Ruhrgebiet, aber wir sind auf Schalke und ihr seid Borussia. Niemals vergessen.

Ein leichtes Knarren der Zimmertür weckte ihn aus seinen Gedanken. »Na, Opa, ist es nicht schön draußen? Wollen wir uns nicht ein wenig auf eine Bank setzen?« In der Zimmertür die Schwester, klein, rund, resolut. Eigentlich in Osteuropa zu Hause. Nicht die Schlechteste.

»Herr Letzko, Schwester, mit dem Namen anreden, so viel Zeit muss auch in diesem Heim sein. Also, Letzko heiße ich!«

»Aber das weiß ich doch Opa, Anton Letzko. Richtig? Wollen wir die Jacke anziehen? Ohne Jacke ist es jetzt vielleicht schon etwas kühl.«

Die Jacke, dann hakte sie sich unter. Der Flur kein Problem, aber auf der Treppe war er froh, dass sie ihn mit festem Griff führte. Der Albtraum - wie immer bei schönem Wetter - die Eingangshalle. Vier oder fünf Rollstühle mit Menschen, die nur noch liegen konnten, auch heute in Reih und Glied nebeneinander so gruppiert, dass jeder von ihnen den Park im Blickfeld hatte. Vier oder fünf, miteinander nebeneinander und jeder für sich so entsetzlich allein. Er schaute nicht in ihre Richtung, fürchtete ihre leeren Gesichter und eine eingebildete Feindseligkeit in ihren Augen.

»Was hältst du von der Bank dort drüben, Opa? Sie steht noch längere Zeit in der Sonne.« Fürsorglich auf dem Sitz noch ein wenig Hin und Her gerückt. Wirklich nicht die Schlechteste.

»In einer Stunde hole ich dich wieder ab. Ist das recht, Opa?«

»Letzko«, rief er hinter ihr her, »Anton Letzko.«

»In Ordnung, Opa.«

Ihre Schritte leiser, verklangen.

Drehte den Kopf, schaute umher. Trotz des schönen Wetters hielt sich niemand sonst in der Parkanlage auf. Allein mit alten Bäumen, deren weite Abstände der Sonne Platz gaben. Buchen, zwischen ihnen zwei Kastanien und etwas im Hintergrund in Reih und Glied ein paar Weiden. Uferbegrenzung eines längst versiegten Baches, sein ehemaliges Bett nur noch zu erahnen. Alt und knorrig standen sie dort. Trutzige Vasallen in verrosteten Rüstungen. Immer noch treue Wächter einer längst verfallenen Burg.

›Alte Weiden und verrostete Rüstungen‹, er mit seiner Fantasie.

Ein leichtes Lächeln eroberte sein Gesicht, langsam Falte um Falte. Wie das Kräuseln von seichtem Wasser nach einem sanften Windhauch. Irgendwie verirrt, schon wieder windstill.

Blickkontakt zu den Kastanien, Freunde aus der Kindheit. Überall ihre Früchte aufgelesen, gesammelt. Glatt und braun, manchmal etwas milchig durchzogen lagen sie in kleinen Händen. Gespeichertes Glück aus Kinderkastanienland, wie so vieles auf dem langen Weg in das Heute irgendwo abgelegt, liegen geblieben.

Eigentlich lächerlich, aber irgendwann wurden sie Feinde. Seine Kastanienfeinde.

Unaufhaltsam wie eine Jahresuhr dokumentieren sie den Fluss der Zeit. Zunächst die kleinen Früchte, kaum zu sehen. Doch voller Misstrauen registriert er Woche für Woche ihr stetiges Wachsen, ihr lautloses Ticken. Groß und reif fallen sie, wenn ihre Zeit gekommen ist, zur Erde. Herbst, ein weiteres Jahr fast wieder vorbei. Herbstzeit. Ein bitteres Lächeln, nur um Mundwinkel. Auf dem Weg zu den Augen die Kraft verloren. Es war Herbst, als er nach dem Tod seiner Frau in die Nähe des Sohnes und dessen Familie umzog und glaubte, damit alles in seiner kleinen Welt geordnet zu haben. Alte Weide wieder in Reih und Glied.

Eine gute Rente nach den vielen Arbeitsjahren, die schöne neue Wohnung, regelmäßig die Familienkontakte, Sohn und Schwiegertochter umsorgten ihn. Die Mauern seiner Burg hochgezogen. Es hätte immer so weiter gehen können.

Doch dann dieser Katastrophentag. Zeitenende. Der Sohn und die Schwiegertochter mit hängenden Schultern, die Blicke gesenkt, schauten ihm nicht in die Augen.

Der Arbeitgeber verlege aus Kostengründen den Betrieb in eine ostdeutsche Stadt. Zuschüsse von der EU. Ihm angeboten mitzugehen. Könne nicht ablehnen. Jeder wisse, wie es auf dem Arbeitsmarkt im Ruhrgebiet aussehe. Besonders in seinem Beruf. Den neuen, besseren Vertrag bereits unterschrieben.

Ihn mitnehmen gehe zumindest sofort nicht, die neue Wohnung zu klein. Und man müsse sich zunächst einmal selbst zurecht finden.

Außerdem, einen alten Baum verpflanze man nicht, alle hätten diesen Ratschlag erteilt. In der Nähe ein gutes Seniorenheim, dort sei ein schönes Zimmer frei. Vorsorglich für ihn reservieren lassen. Würden ihn ganz bestimmt auch häufig besuchen.

Solle aber erst einmal darüber schlafen.

Warum? Doch bereits alles über seinen Kopf hinweg beschlossen. Nicht einmal mit ihm gesprochen. Einfach entschieden. Fühlte sich entmündigt, verlassen, verraten. Durch Rat geschlagen. Zog sich, wie es seine Art war, in seine Wohnung, in sich selbst zurück.

Viele schlimme Nächte folgten. Entmündigt, verraten, verlassen. *Gedanken drehten sich im Kreise. ‚Du sollst Vater und Mutter ehren.‹ Doch irgendwo auch: ›Du sollst Vater und Mutter verlassen.‹*

Und immer wieder die Angst vor dem kommenden Alleinsein. Mit wem reden, von seinen Sorgen erzählen, einfach nur Gedanken austauschen? Den Rest seines Lebens allein.

Irgendwann abgefunden, es ihnen dann leicht gemacht.

»Natürlich gehe ich in das Heim, ist das Vernünftigste.« Kenne mich in der Stadt aus, hab hier ja auch noch Bekannte. Und ihr werdet mich bestimmt oft besuchen. Das Beste für alle.«

Manchmal muss man einfach lügen.

Erleichterung und Dankbarkeit in den Augen des Sohnes

»Natürlich werden wir dich oft besuchen. Sind nur ein paar Stunden mit dem Auto, hab schon gefragt, können auch im Heim übernachten.«

Immer noch einen Tränenschleier vor den Augen, wenn er an den Auszug aus seiner Wohnung, Umzug in das Heim und Abschied des Sohnes denkt. Eine ganz, ganz schlimme Zeit.

Auf dem Kiesweg die resoluten Schritte der Schwester, Ablenkung wie gerufen.

»Na Opa Letzko, reicht es für heute in der Sonne?«

›Opa Letzko‹, ein kleiner Etappensieg. An ihrem Arm verlässt er den Park. Das Portal, die aufgereihten Rollstühle, fühlt die Blicke der Liegenden, kann schlimme Gedanken nicht verdrängen. In Reih und Glied zusammengerückt. Dem Tod die Arbeit erleichtern, muss nicht erst in ihre Zimmer. Kann sich hier aussuchen, wer der Nächste sein soll. In Reih und Glied. Weg damit, weg mit diesen sinnlosen Gedanken.

Die Treppe, hinauf geht besser als hinunter. Trotzdem erleichtert, als er sich in seinem Sessel zurücklehnen kann. Ein Stück Kuchen, eine Tasse Kaffee auf dem Tisch.

»Der Kaffee ist bestimmt kalt, Opa, und warmen gibt es jetzt nicht mehr.«

›Opa‹, wieder ein Schritt zurück.

Der Kuchen auch ohne Kaffee gut. Die Fernbedienung, der Sportkanal, Tennis. Eine laute Fernsehstimme weckt ihn, er muss einige Zeit geschlafen haben. Dämmerung draußen und in seinem Zimmer, über dem Häuserrand der Stadt steht ein unglaublich intensiver, rosaroter Horizont. Längst bereit, die sinkende Sonne aufzunehmen. Die Tage werden jetzt immer kürzer, noch ein paar Wochen und die dunkle Jahreszeit beginnt. In dieser Zeit wird mehr gestorben. Die Toten werden nur nachts aus dem Haus getragen, hat man ihm erzählt.

Gedanken jagen Gedanken und in ihrem Schlepptau die Angst. Und mit niemandem darüber reden können. Diese verfluchte Einsamkeit. Gedanken austauschen können. Über Gott und die Welt. Mit dem einen oder anderem im Heim versucht. Nichts gebracht. Sprechen von sich, von ihren Krankheiten. Können nicht zuhören.

Seit dem letzten Besuch des Sohnes schon wieder einige Wochen ins Land gegangen. Aber Weihnachten kommen sie bestimmt, vielleicht dann auch ein paar Tage länger.

Weihnachten ist noch weit. Dieser verdammte Konflikt. Die Zeit bis zum nächsten Treffen soll ganz, ganz schnell vorübergehen, aber die Lebensuhr soll ganz, ganz langsam ticken. Langsam, noch langsamer, fast stehenbleiben.

Dämmerung steigt weiter, füllt jetzt das Zimmer. Muss Licht einschalten, bevor sie in Dunkelheit übergeht. Dunkelheit, tiefe schwarze Dunkelheit, auch ein Feind, weckt Angst, wächst manchmal zur Panik. Nachts brennt ein kleines Licht auf seinem Nachttisch.

»Wieso sitzt du denn im Dunkeln, Opa?« Er muss kurz eingenickt sein.

Schließt vor dem grellen Licht die Augen.

»Gleich gibt es Essen, den Kaffee nehme ich wieder mit. Morgen soll wieder schönes Wetter sein, vielleicht können wir nochmals in der Sonne sitzen.« Schon wieder verschwunden. Er weiß, sie ist völlig überlastet, kaum Zeit für ein Gespräch, für etwas Zuwendung.

Der Rest der Sonne versinkt jetzt langsam hinter den Häuserreihen der Stadt. Wunderschön, wenn der Horizont zu glühen scheint, die Sonne in ihm untergeht.

Vielleicht leuchtet es auch hinter dem Horizont? Vielleicht auch bei seinem Sonnenuntergang? So wie die Sonne sich ohne sinnlose Gegenwehr einfach sinken lassen können, langsam, ohne Angst gehen. Doch die Sonne weiß um den Morgen.

Wieder zum richtigen Zeitpunkt, das leichte Knarren der Tür.

»Opa, das Abendessen.« Hat er durchgesetzt: Abendessen auf dem Zimmer. Kostet natürlich ein paar Euro mehr.

»Wieder Butterbrote und Tee?«

»Butterbrote und Tee, was sonst, Opa?« Keine Lust mehr zur Gegenwehr, Opa Bedeutungslos, gegen Watte chancenlos.

So oder so ähnlich? Ein alter Mann in einer Verwahranstalt? Nur einer von vielen, nichts Besonderes?

Irgendwann auch meine Zukunft?

Pfadfinder könnte ihn eigentlich mal besuchen, den Herrn Letzko mit seinem Rollator. Mal schauen, ob ich in den nächsten Tagen Zeit finde. Nicht einfach, ist immer unheimlich gut versteckt, die Zeit.

Adam Riese

Der Linienbus 608 fast voll besetzt. Um mich herum fremde abwesende Gesichter. Müde Augen, die schauen, ohne etwas zu sehen.

Eine Haltestelle, ein Mann und ein kleines blondes Mädchen steigen ein, bleiben im Gang stehen. Mit der linken Hand hält die 6- oder 7-Jährige sich an der Stange neben meinem Sitz fest.

»Schau mal Papa, wie reich ich bin.« Die Kleine öffnet ihre rechte Hand, zeigt zwei Euro.
    »Bin noch viel reicher, hab zu Hause auch noch fünf Euro. Wie viel ist das zusammen, Papa?«
    »Das kannst Du doch schon selbst ausrechnen.«

Eine kurze Zeit ist es ruhig, dann:
    »Sieben Euro Papa?« Fremde, abwesende Gesichter beginnen zu lächeln, doch die beiden gehören sich allein.
    »Sieben Euro, was bin ich reich. Ich will aber noch viel reicher werden, möchte bis Weihnachten hundert Euro gespart haben.«
    »Da musst Du Dich aber beeilen, Weihnachten ist schon bald. Was willst Du denn mit hundert Euro machen?«
»Die will ich Dir und Mama schenken, damit Weihnachten diesmal schöner wird als im vorigen Jahr.«

Lächelnde Gesichter werden ernst, schauen auf den Vater. Der beugt den Kopf zu seiner Tochter, gibt ihr einen Kuss, ohne etwas zu sagen. Das Mädchen wendet ihm ihr Gesicht zu: »Papa noch mal.« Diesmal ein dicker Kuss von beiden. Ernste Gesichter lächeln wieder.

An der nächsten Haltestelle steigen sie aus. Die Kleine an der Hand ihres Vaters. Gehören zusammen.

Adam Riese hat nicht immer recht, manchmal ergibt 1 und 1 nicht 2, sondern eins.

Gutweihnacht

Weihnacht ist Christkindnacht, ist Kindernacht. Vorfreude strahlt aus Kinderaugen, lässt die Zeit für sie fast stehen. Freue dich, Christkind kommt bald.

Freue dich? Peter und Dieter, die beiden Brüder können sich nicht wirklich freuen, schon Tage vorher wächst in ihnen Angst, Weihnachtsangst. Schlechtweihnacht oder Gutweihnacht in diesem Jahr?

Heiligabend mit Alkohol ist schlimme Weihnacht, ist Schlechtweihnacht. Macht die Familie kleiner, macht drei aus vier. Der Vater fehlt. Verschiebt Peter beim Kirchgang von innen nach außen. Links Mutter, rechts Peter und in der Mitte Dieter, der Kleine. Schlechtweihnacht ist Alkohol, Streit, Zorn, Scham. Weggeworfene, aber eingebrannte Tage.

Leise gemurmelte Weihnachtswünsche von wissenden Nachbarn. Fahl die Lichter aus den Fenstern der Häuser, grauer Schnee im auslaufenden Dunkel der Heiligen Nacht. Weihnachtslieder, gesungen, gehört, aber nicht gefühlt. Tränen, nicht geweint, hinuntergeschluckt.

Und in diesem Jahr? Schlecht- oder Gutweihnacht? Drei Menschen am Heiligabend mit kriechender Angst. Schleichende Blicke vor der Wohnzimmertür, hinter der der Ofen angeheizt, der Christbaum aufgestellt wird und Alkohol entscheidet, ob Gut- oder Schlechtweihnacht. Zögernde Schritte in eine sich öffnende Tür. Versteckte Blicke auf den Vater und dann das Lächeln der Mutter, Dieters lachende Kinderaugen. Gutweihnacht in diesem und vergrabene Angst bis zum nächsten Jahr.

Frühes Aufstehen zur Christmette. Aufgehauchte Sehschlitze in gefrorene Fensterblumen, dahinter noch Nacht. Heilige Nacht. Vorfreude vertreibt Müdigkeit. Festlicher Glockenklang legt sich über das Dorf, die Felder und Wiesen. Vier, nicht drei treten aus der Haustür. Links Mutter, rechts Vater, Innenplatz für Dieter und Peter. Eine Familie geht zur Christmette. Fröhliche Weihnachtswünsche von wissenden Nachbarn.

Noch dunkle Nacht, stille Nacht trotz Glockenklang, der das Dorf umhüllt.

Warmes Licht aus den Fenstern der Häuser, fällt auf frischen Schnee, schafft tausend Kristalle, durchbricht die Dunkelheit bis zur Straße. Familiengruppen auf dem Weg zur Kirche. Kinder an der Hand der Eltern. Dieter und Peter mit erhobenem Kopf, fest pressen sie die Hände. ›Seht her, es ist Gutweihnacht.‹

Trockener Schnee knirscht unter ihren Füßen, auf der Brücke hört man das leise Glucksen des Flusses. Stille Nacht. Die Kirche, Lichterschiff in der Dunkelheit, fast schon überfüllt. Wunderschöne Weihnachtslieder, gesungen, gehört und gefühlt. Stille Nacht, heilige Nacht, wunderschöne Nacht, auch für Dieter und Peter.

Nach der Christmette vor der Kirche Weihnachtswünsche für Freunde und Bekannte.

Mutter eilt voraus. Peter lächelt wissend: Kerzen anzünden und Geschenke unter den Weihnachtsbaum legen. »Dieter, das Christkind war da!«

Kinder drängen, wollen nach Hause. Und dann ist es so weit. Kinderaugen schauen auf brennende Kerzen, suchen Weihnachtsteller, suchen Geschenke. Nüsse, Spekulatius, Spritzgebäck.

Kinderweihnacht in unserem Dorf. Auch fünfzig Jahre später noch abrufbar. Abrufbar die Eisblumen am Fenster, der glitzernde Schnee und gefühlte Weihnachtslieder in der Kirche.

Weihnachtserinnerungen an Gutweihnacht. Schlecht-weihnacht hatte das Christkind für immer mitgenommen. Oder Peter und Dieter hatten sie vergraben. Wo? Sie haben es vergessen. Manchmal muss man auch lügen dürfen.

Krüppeltanne

*T*rage unseren Weihnachtsbaum auf die Terrasse. Wird in den nächsten Tagen abgeholt, hat ausgedient. Seit Heiligabend seine Pflicht getan.

Heiligabend, erinnere mich. Er begann – wie es sich gehört – im biblischen Sinne: Am Anfang war das Wort.

Und dies gehörte meiner Gattin, während ich stolz mit der noch kurz vor Toresschluss erstandenen Sauerländer Blaufichte und weihnachtlichem ›Friede-den-Menschen-auf-Erden-Lächeln‹ in der Mitte unseres Wohnzimmers stand. Wort trifft den Sachverhalt nebenbei bemerkt nicht ganz, Wortschwall oder so zutreffender, jedenfalls etwas in diese Richtung.

»Ich habe das mit dem Baum geahnt. Heiligabend gibt es doch nur noch Schrott. Diese Fichte ist bereits jetzt knochentrocken, die fängt doch schon an zu brennen, wenn man ihr nur mit einem heißen Würstchen zu nahe kommt. An Kerzen darf ich gar nicht denken. Wir sollten der Feuerwehr schon mal eine Wegbeschreibung zufaxen.

Nadeln muss man jetzt schon mit der Lupe suchen. Diese Lücken kannste auch mit Kugeln, Kerzen und noch so viel Baumschmuck nicht verdecken. Wie früher Lametta aber pfundweise und selbst das würde es nicht bringen.
Und die Baumspitze krumm wie ein Bischofsstab. Könnte wetten, kommt aus dem Sauerland. Dieses Zauberwort zur

rechten Zeit und du kaufst jede Krüppeltanne. Mit dem Bier ist es doch genauso.«

Am Anfang war das Wort. Rundumschlag an Heiligabend: ›Sauerland, Bier und Krüppeltanne.‹ Hatte Mühe mit meinem ›Friede-den-Menschen-auf-Erden-Lächeln‹. Ließ es mir nicht nehmen. War Heiligabend.

Richtig ist, dass ich aus dem Land der 1000 Berge stamme, es dort wunderschöne Weihnachtsbäume und leckeres Bier gibt und ich mir hin und wieder auch etwas davon gönne, von dem Bier. Übrigens auch so ein Problem zwischen meiner Gattin und mir, die unterschiedliche Interpretation von hin und wieder und etwas. Sie sieht das oft anders als ich, gleicht sich aber immer wieder aus, da ich das oft anders sehe als sie.

Hatte natürlich voller Freude vernommen, dass die Blaufichte erst vor zwei Tagen in einem Sauerländer Wald geschlagen worden sei. Gebe auch zu, dass der Verkäufer beim Aussuchen des Baumes die Spitze etwas gestreckt und mit den zwei Tagen gelogen haben muss. Aber im Grunde alles dran, was einen Christbaum ausmacht: Stamm, Spitze, Zweige und auch noch eine Menge Nadeln. Mit Kugeln, Kerzen und viel Baumschmuck bestimmt richtig schön.

Und so war es dann auch. Hat sich die ganzen Tage gut gehalten, nicht einmal gebrannt und jeden Abend ein- zweimal mit dem Staubsauger hin und her reichte vollkommen.

Stehe noch immer mit den Sauerländer Baumresten auf der Terrasse. Ein Stück Heimat, fällt mir schwer, ihn einfach fortzuwerfen.

Aus dem Wohnzimmer die Stimme meiner Frau: »Kannst den Baum ruhig fallen lassen, nadeln kann er sowieso nicht mehr.«

Auch am Ende das Wort und natürlich ihr Wort. Und danach war Friede auf Erden.

Fußstapfen

*I*n diesem Jahr hatte er den Weihnachtsbaum nicht selbst geholt. Peter, sein Sohn, war so nett gewesen. Mit dem Auto gebracht. Auf Bitten seiner Mutter. Hatte ihn auch aufgestellt. »Ist zu schwer für Dich, lass das mal den Peter machen, Peter macht das schon.« Wie so vieles in letzter Zeit. ›*Peter macht das schon*‹.

Ließ die Beiden gewähren. Obwohl er noch einiges hätte selbst erledigen können. Aber gegen die Fürsorge von Ehefrau und Sohn, diese fürsorgliche Watte kam er nicht an. »Das regt dich nur auf. Geh doch ein wenig spazieren, das tut dir gut.«

›*Peter macht das schon*‹. Freigewordene Fußstapfen.

Aber das mit dem Weihnachtsbaum hat wehgetan. War immer sein Stolz. Eine Nordmanntanne. Durfte ruhig etwas kosten. Aufgestellt musste sie bewundert werden. In den ersten Jahren von seiner Frau, später dann auch von seinen beiden Söhnen. »Ist das nicht ein wunderschöner Baum?«

Aussuchen hätte ihm schon genügt. Dann etwas handeln, gehört dazu. »Den nehmen wir.« Endlich einmal wieder eine Entscheidung treffen. Erstickt in Fürsorge. Lass das mal den Peter machen.

Der Baum an seinem Platz im Wohnzimmer. Etwas größer hätte er sein können, links unten eine kleine Lücke und die Spitze etwas verbogen. Aber ansonsten akzeptabel. Ob Peter gehandelt hat? Jetzt wartet der Baum darauf, geschmückt zu werden. War immer Aufgabe seiner Frau, auch in diesem Jahr. Das macht Peter nicht.

Ein paar Monate nach seinem 70. Geburtstag die Operation und dann diese lähmende Fürsorge, diese Mutter-und-Sohn-Watte. Langsam aufsteigender Nebel. Erst die Beine: *>Da kann Peter hingehen<*. Dann der Körper: *>Das ist zu schwer für dich, das ist etwas für einen jungen Mann, für Peter<*. Und zum Schluss der Kopf, Gehirn inklusive versteht sich: *>Das müssen wir mal mit Peter überlegen<*. Vorsichtig dosiert, Schritt für Schritt. Seine Frau und Peter, ein eingespieltes Team.

Fürsorge. Sorge für oder gegen? Hatte versucht, sich zu wehren. Watte gibt nach, kommt zurück. Keine Chance, irgendwann resigniert, war nie ein großer Kämpfer gewesen.

Wolfgang, sein zweiter Sohn, hatte versucht zu helfen. Er sei nicht todkrank, habe noch einen Anspruch auf sein Leben, müsse sich wehren, sich durchsetzen. Hatte auch mit seiner Mutter gesprochen. »Du kannst das nicht beurteilen, du fährst morgen wieder, weißt nicht, wie es um Vater steht, nicht wahr Peter? Wir wollen nur sein Bestes.«

Wolfgang fuhr wieder, wohnt weit von hier, schon früh der Fürsorge entflohen. Kann nicht helfen. Muss selbst etwas tun.

Dann ein Lächeln in seinen Augenwinkeln. Hatte sich einmal für ein paar Tage durchgesetzt, die lange Unterhose einfach nicht angezogen, obwohl ausdrücklich empfohlen und hingelegt. »Denk an deine Nieren.« Dachte immer an die Nieren, trug aber weiter eine kurze Hose. Hätte sie am liebsten geschwenkt, wie eine Fahne nach gewonnener Schlacht.

Ein paar Tage Gegenwehr gezeigt. Nur ein paar Tage, dann nicht mehr.

Watte war ein schlechter Verlierer. «Na siehst du, die lange Unterhose ist doch wärmer, gesünder.« Hatte verzeihend gelächelt. »Kannst ruhig auf uns hören. Peter und ich wollen doch nur dein Bestes.«

Will es auch nicht mehr wieder tun! Selbst Ironie nicht gewagt. Schade. War eben kein Kämpfer.

Mit dem Arzt sprechen. Vielleicht kann der helfen.

»Lasse dich nicht allein zum Arzt, ist unterwegs viel zu gefährlich. Herr Doktor, sagen sie meinem Mann einmal, dass er sich nicht zu viel zumuten darf, sich schonen muss.«

Das Wartezimmer voll, der Blick auf die Uhr.

»Sie haben eine schwere Operation hinter sich, müssen sich schonen. Hören Sie auf ihre Frau. Es wird schon wieder. Alles Gute, der Nächste bitte.«

»Siehst du, wie recht wir haben?«

»Peter, der Doktor hat auch gesagt, dass wir auf Vater aufpassen müssen.«

>Vater<, dieses schöne Wort >Vater< aus ihrem Mund. Bringt sie auf eine Ebene mit Peter. Er könnte schreien, war ihr Mann, nicht ihr Vater. Hatte mit ihr geschlafen, mit ihr Kinder gezeugt. Auch Peter. Ihn konnte er noch verstehen. Fand Fußstapfen. Fühlte sich fast als Familienoberhaupt. Saß schon manchmal in seinem Sessel am Kopf des Tisches. Stiefel gefunden. Noch etwas groß? Nein, >*Peter macht das schon*<.

Aber seine Frau? Er verstand es nicht. Peter würde in absehbarer Zeit sein eigenes Leben führen wollen. Ohne sie.Oder war es einfach nur das Rückspiel auf dem Platz ihrer Ehe? Glaubte sie, das Hinspiel verloren zu haben und musste jetzt unbedingt gewinnen? Höher gewinnen, weil die Resultate addiert werden?

Vielleicht war aber auch seine Krankheit ein Angriff auf ihr Heim, ihre feste Burg und sie glaubt, ihn nur mit Peter abwehren zu können. Noch zu unsicher, um es allein zu versuchen. Nur eine Frage der Zeit.

Dachte an seinen Studienfreund. Seit drei Jahren Witwer, hat niemanden, der sich um ihn Gedanken macht. Vermisst Fürsorge, möchte sich anlehnen. Würde wahrscheinlich Watte selbst kaufen und nach Hause tragen.

War er ungerecht? Hatte er wirklich so viel aufgegeben? Fernsehen nach seinen Wünschen. Der Stammtisch am Donnerstag. Der Urlaub im Mai in der Toskana. Die Fahrt in die Stadt mit Kaffee und Kuchen.

Außerdem konnte er, wenn es sein musste, immer noch mit der Faust auf den Tisch schlagen. Mit der Zeit wird sich alles wieder einrenken, wie früher werden. Ist schon in Ordnung so.

»Gute Nacht, schau nicht so lange fern, brauchst deine Ruhe.«

»Gute Nacht, schlaf gut, und *Mutter,* leg mir für morgen lange Unterhosen auf den Nachttisch. Es soll kälter werden und ich muss an meine Nieren denken.«

Als er später im Bett lag, fiel ihm ein, dass wegen der Watte wahrscheinlich niemand den Schlag mit der Faust auf den Tisch hören würde. Doch dann war er schon eingeschlafen und am nächsten Morgen hatte er es vergessen.

Auf seinem Nachttisch lagen lange Unterhosen.

Alle Jahre wieder

*E*s gibt Tage, an denen man das Bett nicht verlassen sollte. Leichter gesagt als getan. Kann am ersten Weihnachtstag unmöglich im Bett liegen, während die gesamte Verwandtschaft sich die Ehre gibt. Um genau zu sein, die Verwandtschaft meiner Gattin. Bodenständig, niemand von ihnen verzogen. Wegen Doppeldeutung verzogen: Sind alle in der Nähe geblieben.

So 15–20 Personen bevölkern ab frühem Nachmittag unsere Wohnung. Gut essen und trinken und sich wie zu Hause fühlen.

Nach jahrelanger Erfahrung wissen wir, dass kurzfristige Absagen sowie Zusagen nach vorherigen Absagen zu erwarten sind. Nicht weiter problematisch, hält sich in etwa die Waage.

Generell einplanen muss man auch eine Verspätung von mindestens 30 Minuten. Auch das kein Problem. Laden entsprechend früher ein.

In diesem Jahr zunächst alles wie gehabt. Die Veranstaltung begann pünktlich mit der eingeplanten Verspätung. Absage einer Nichte, Ersatz durch den grippegeschwächten dänischen Ehemann einer erkrankten Tante. Es gelang mir, den schniefenden Dänen weit entfernt von meiner Gattin und mir zwischen die vorhandenen Großmütter zu platzieren.

Fühlte sich auch sofort wie zu Hause, erzählte pausenlos irgendwelche Geschichten, gut hörbar, leider unverständlich, da er die dänische Sprache bevorzugte. Verließ als Erster unverstanden und verschnupft unsere weihnachtliche Runde. Satt gegessen und dann nicht mehr lange aufgehalten.

Ihn selbstverständlich zur Tür gebracht, dabei redete er ununterbrochen in seiner Landessprache weiter. Trotzdem freundlich nachgewunken. Wir sind Europa.

Meine ungeteilte Aufmerksamkeit galt danach den anderen Familienmitgliedern. Doch schon zehn Minuten später befand ich mich mit dem Auto und Nichte Vera auf dem Weg zur Notapotheke.

Beklagte eine Entzündung in Mund- und Rachenbereich, die sie beim Essen behindere. Natürlich bestand dieses Problem durchaus schon länger, aber erst im erweiterten Familienkreis erhielt es den ihm zustehenden Stellenwert. In der Apotheke vernahm ich dann voller Freude, dass Vera das empfohlene Medikament kannte und es sich sogar in ihrer Handtasche befand. Auf der Rückfahrt stumm vor Glück, Vera durchaus mitfühlend, ebenfalls wortlos.

Kamen rechtzeitig zurück, um Schwager Jens mit unserem Körnerkissen im Nacken besichtigen zu können. Erinnerte mich, dass er eine handliche Begrüßung unter Hinweis auf den schmerzenden und demonstrativ hängenden rechten Arm abgelehnt hatte.

Laut Gattin lediglich eine von Jens angeregte Diskussion über eingeklemmte Nerven im Nackenbereich und daraus resultierenden Wirbelsäulenbeschwerden verpasst. Nahm es gelassen, obwohl seine Beiträge sich immer auf hohem medizinischen Niveau bewegen.

Voller Achtung mein Blick in seine Richtung. Fand, dass seine einprägsame Leidens- und Duldermiene sowie das Nacken umspannende farblose Körnerkissen eine gelungene Symbiose darstellten.

Kaum Platz genommen, erlebte ich eine erregte Diskussion zwischen Mutter Erna und Tochter Martha, einer Schwägerin meiner Gattin. Erna, näher der 100 als der 60, weigerte sich kategorisch, eine ihr von Martha angereichte Serviette um den Hals zu binden. Und später, als es dann passiert war, das mit dem großen roten Fleck auf ihrem Pullover, lehnte sie es ebenso kategorisch ab, ihn entfernen zu lassen. Wies zutreffend darauf hin, dass der Fleck nur einen kleinen Teil des Pullovers ausmache und das ursprüngliche Beige nach wie vor weitaus überwiege. Erst nach längerem engagierten Einsatz von beiden Seiten ebbte die Diskussion langsam ab.

Die aufgewühlte Martha jetzt auf Kriegspfad, Auftrag an Gatten Berthold Lucky auszuführen. Lucky, ein Münsterländer mit Stammbaum, wartete in der Wohnung meiner Schwiegermutter auf seine Befreiung. Bertholds Reaktion nur für Eingeweihte nachvollziehbar positiv. Konnte endlich rauchen. Ist offiziell Nichtraucher. Nur seine Gattin glaubt noch daran.

Wurde unruhig, nachdem sich längere Zeit – so etwa 30 Minuten – nichts Bemerkenswertes ereignet hatte. Die Gespräche sickerten so dahin, drohten zu versanden. Doch dann das noch ausstehende Highlight des Tages.
Kurz nachdem Berthold Peppermint kauend zurückgekehrt war, aus Marthas Handtasche permanente, extrem nervige Handy-Töne.

Nach bewundernswert kurzer Reaktionszeit sprang sie auf, stieß dabei ihren Stuhl um, begleitete das Ganze mit einem spitzen Schrei in extrem hoher Tonlage: «Die Alarmanlage, unsere Alarmanlage!» Jetzt hielt es verständlicherweise auch Berthold und gemeinsame Tochter Wanda nicht mehr auf ihren Stühlen. Standen vereint mit Martha im freien Raum vor Klavier und alter Nähmaschine. Durchaus rücksichtsvoll, denn dort des Dramas weiterer Verlauf für alle gut einsehbar. Wanderten sportlich ambitioniert hin und her und her und hin. Die beiden Frauen warfen sporadisch die Arme in die Luft, beklagten dabei nach wie vor hochtonig das Leid ihrer Familie.

Berthold überraschte durch intensiven Blickkontakt mit dem Handy in seiner rechten Hand. Schien von dort irgendeine Lösung zu erhoffen. Währenddessen synchron von beiden Damen wiederkehrend die Frage: »Warum immer wir? Warum immer wir?« Blieben erwartungsgemäß ohne Antwort.

Forderten Berthold dann ultimativ auf, endlich etwas zu unternehmen. Daraufhin verschwand dieser für alle überraschend mit dem Handy in der Gästetoilette.

Martha und Wanda, allein gelassen, verlangten jetzt nach Polizei oder sonstigen Lösungen.

Blickkontakt mit meiner Gattin, etwas musste geschehen.

Eine Entscheidung wurde mir aus der Hand genommen, denn die Toilettentür öffnete sich, erwartungsgemäß erschien dort Berthold. Informierte uns, dass das Handy in den dafür vorgesehenen vier Minuten keinerlei Geräusche aus ihrem Haus übertragen habe, es sei alles totenstill. Danach könne man davon ausgehen, dass dort niemand, also auch kein Dieb sei. Ein Fehlalarm wahrscheinlich.

Hoffte, dass damit alles vorbei war, doch auf ein solch ruhmloses Ende konnte und wollte Martha sich keinesfalls einlassen. Beklagte zunächst, dass Berthold sie allein gelassen und sich auf die Toilette zurückgezogen habe. Ob er ihr 100%ig versichern könne, dass niemand eingebrochen sei. Ergänzend Tochter Wanda: »Kannst du das versichern, kannst du das versichern?« Berthold, deutscher Beamter, lehnte diese Verantwortung ab.

Zu diesem Zeitpunkt gab das Handy erneut Alarm. Danach alles wie gehabt. Hohe Tonlage der Damen, angereichert mit sportlichen Einsatz. Schwager Berthold zog es wieder zur Toilette, kam nach vier Minuten mit dem erneuten Hinweis auf Niemand zurück.

Martha und Wanda verlangten von Gatten und Vater zusätzliche telefonische Kontaktaufnahme mit Mieter und Nachbarn. Als Berthold zögerte, griffen beide selbst zum Telefon. Wanda bat den Mieter die Umgebung des Hauses und ggf. das Haus selbst nach Einbrechern oder sonstigen verdächtigen Personen abzusuchen, Martha unterrichtete derweil die Nachbarn entsprechend. Wortwahl und Stimmlage der beiden fast identisch.

Mir fiel dieser Ratschlag für junge Männer ein, sich vor einem Heiratsantrag unbedingt die Mutter der Auserwählten anzuschauen. Ein guter Rat. Allerdings wenig beachtet.

Mindestens vier Alarmierte müssen danach am und im Haus auf Einbrechersuche gewesen sein. Gott sei Dank kennen sich alle, sodass folgenschwere Verwechslungen ausgeschlossen werden konnten.

Die telefonisch eingehenden Rückmeldungen negativ, es gab nichts zu berichten. Doch auch dies reichte den beiden Damen noch nicht, sie entschieden, das Haus selbst zu inspizieren. Niemand widersprach. Berthold, von beiden ignoriert, schien erleichtert, erklärte, er werde nochmals mit dem Hund gehen. Benötigte wahrscheinlich einige Entspannungszigaretten.

Hörbares Aufatmen, nachdem die Außentür sich hinter den beiden Damen geschlossen hatte. Ruhe kehrte ein. Doch mit ihrer Rückkehr musste fest gerechnet werden.

Spendierte zur Erholung eine Runde vom Besten. Hoch die Gläser auf ein weiterhin frohes Fest. Hatte dabei für einen Moment das Gefühl, eine Wunderheilung miterleben zu dürfen, denn Schwager Jens hob mit der Rechten sein Glas, hielt es problemlos in Mundhöhe und trank uns allen zu. Kurze Zeit später allerdings wieder Hängearm und dieser bekannte Leidensausdruck auf seinem Gesicht. Musste mich wohl getäuscht haben.

Nun hat bekanntermaßen alles, auch das Gute, ein Ende. Irgendwann waren sie wieder da, Martha und Wanda. Ohne Einbrecher. Aber es hätte doch sein können.

Das Abendessen verlief dann weitgehend harmonisch, die Helden waren müde. Noch ein Verdauerle und die Verwandtschaft verabschiedete sich satt und zufrieden.

Meine Gattin und ich fielen uns zunächst in die Arme und dann in die Sessel. Wieder einmal geschafft, wir und der erste Weihnachtsfeiertag. Dachten wir. Zwei Stunden später, Anruf von Martha. Ihre wertvolle Perlenkette sei verschwunden, möchten doch bitte danach suchen. Zugesagt, uns wieder hingesetzt, waren sicher, dass sie auch ohne unsere Hilfe bald wieder auftauchen würde. Hoffentlich nur die Perlenkette.

Das war er dann, der erste Weihnachtstag. Nur der Vollständigkeit halber: Wie erwartet hatte die Perlenkette sich am nächsten Tag wieder eingefunden. Gott sei Dank. Für die Perlenkette und sonst alles. Oder fast alles.

Opferpflicht

Verdammt, mir wird doch noch etwas einfallen, um dieser beknackten Lesung aus dem Wege zu gehen. Soll mir – wer weiß wie lange – das Geschreibsel von so einem Möchtegernschriftsteller reintun. So eingebildeter Hermann-Hesse- oder Hera-Lind-Verschnitt. Lässt sich irgendetwas einfallen, nur weil er mit sich oder anderen nichts Vernünftiges anfangen kann und fühlt sich dann auch noch berufen, sein Geschreibsel unter das Volk zu bringen.

Das könnte einen ja völlig kalt lassen, wenn er sich damit der freien Marktwirtschaft stellen würde. Aber nein, aus Angst vor leerem Saal und Stühlen müssen Verwandte und Freunde dran glauben. Da wird dann die moralische Keule geschwungen und Leidensfähigkeit erwartet.

Und damit bin ich, der Neffe dieses Kugelschreiber-Stemmers, im Spiel. Meine Mutter, was seine Schwester ist, meinte, wenn ich ab und zu von ihm fünfzig Euro einstreichen würde, könnte ich mir auch mal so eine seiner Lesungen anhören. Wie gesagt, die moralische Keule. Da muss ich mir tatsächlich gefühlsdusselige Lyrik oder Prosa um die Ohren hauen lassen, nur weil ich gelegentlich einen Fünfziger zugesteckt bekomme.

Ausgespuckte und noch am selben Abend erkaltete Lava, und ich soll die Eruption verfolgen. In Zukunft werde ich die fünfig Euro nur noch im äußersten Notfall, nun gut – machen wir uns nichts vor – auch weiterhin immer annehmen. Damit werden diese Lesungen zur Dauergefahr und ich sehe mich schon regelmäßig mit andächtigem Fünfzig-Euro-Gesicht diesem Hirnakrobaten lauschen.

Pfadfinderidylle, allzeit bereit für eine gute Tat. Meine Mutter kocht anschließend mein Lieblingsessen, mein ebenfalls betroffener Vater darf am nächsten Abend in die Kneipe. Alle sind glücklich und Onkel schreibt schon wieder.

Auch Freund oder Verwandter eines Schriftstellers? Und das ohne fünfzig Euro? Das ist ja noch schlimmer! Aber denken Sie daran, im Himmel wird jede gute und schlechte Tat aufgeschrieben. Die Teilnahme an Lesungen von Verwandten wird hoch bewertet, nach meiner Einschätzung mindestens gegen Betrug oder Kirchensteuerhinterziehung aufgerechnet.

Nicht gegen Mord oder Totschlag im Affekt. Also – lassen Sie den Dichter in Ihrer Familie leben.

Edition Köndgen

In der Edition Köndgen erscheinen Bücher und Geschenkartikel über Wuppertal, Schwelm und das Bergische Land. Die vielfältigen Facetten dieser Region werden darin lebendig präsentiert.

www.edition.koendgen.de

Bibliographische Informationen der Deutschen Nationalbibliothek:
Die Deutsche Bibliothek verzeichnet diese Publikation in der Deutschen National-
bibliographie; detaillierte Daten sind im Internet unter www.dnb.de abrufbar.

© 2013 Edition Köndgen der Heinrich Köndgen GmbH
Autoren der Region, Band 1
1. Auflage 2013, Wuppertal
Deutsche Originalausgabe
Alle Rechte vorbehalten
Bildnachweis:
Titel: © Isaxar; S. 13: © allied comgraphic, S. 26: © ColorCurve, S. 32: © beaubelle,
S. 36: © fffranz, S. 47: © Klara Viskova, S. 61: © Hans-Jürgen Krahl, S. 91: © idesign
2000, S. 124: © bofotolux. Alle Bildagentur fotolia.com

Gesamtkonzept und Gestaltung: Sandra Balcke, Wuppertal
Lektorat: Manuela Sanne, Wuppertal
Druck: BoD GmbH, Norderstedt
Printed in Germany
ISBN 978-3-939843-40-5
www.edition.koendgen.de